Grace Paley
Ungeheure Veränderungen in letzter Minute

Storys

Aus dem Englischen
von Sigrid Ruschmeier

Schöffling & Co.

Die Übersetzerin dankt Mark Baker
erneut für seine geduldige und kenntnisreiche Unterstützung.

Erste Auflage dieser Neuübersetzung 2014

Originaltitel: *Enormous Changes at the Last Minute* (1974)
In: *The Collected Stories*
Originalverlag: Farrar, Straus & Giroux, New York

Satz: Fotosatz Amann, Memmingen
Druck & Bindung: Pustet, Regensburg
ISBN 978-3-89561-236-7

www.schoeffling.de

Inhalt

Wünsche

Ich habe meinen Exmann auf der Straße gesehen. Ich saß auf der Treppe der neuen Bücherei.

Hallo, mein Leben, sagte ich. Da wir mal siebenundzwanzig Jahre lang verheiratet waren, fühlte ich mich dazu berechtigt.

Was?, sagte er. Welches Leben? Meins nicht.

Schon gut, sagte ich. Ich streite mich nicht, wenn die Meinungen so auseinandergehen. Ich stand auf und ging in die Bücherei, um zu sehen, was ich ihnen schuldete.

Die Bibliothekarin sagte: Genau zweiunddreißig Dollar, und die sind Sie seit achtzehn Jahren schuldig. Ich stritt es nicht ab. Ich verstehe einfach nicht, wie die Zeit vergeht. Es stimmt ja, ich hatte die Bücher und habe auch oft an sie gedacht. Außerdem ist die Bücherei nur zwei Straßen entfernt.

Mein Exmann war mir zur Buchrückgabe gefolgt. Er unterbrach die Bibliothekarin, die noch mehr zu sagen hatte. Wenn ich so zurückschaue, sagte er, schreibe ich die Zerrüttung unserer Ehe in vielerlei Hinsicht der Tatsache zu, dass du die Bertrams nie zum Essen eingeladen hast.

Gut möglich, sagte ich. Aber falls du dich erinnerst:

Erst war an dem Freitag mein Vater krank, dann wurden die Kinder geboren, dann hatte ich dienstagabends immer die Versammlungen, dann fing der Krieg an. Dann kannten wir sie offenbar nicht mehr. Aber du hast recht. Ich hätte sie zum Essen einladen sollen.

Ich gab der Bibliothekarin einen Scheck über zweiunddreißig Dollar. Sie vertraute mir sofort, ließ meine Vergangenheit hinter sich und machte reinen Tisch, was die meisten städtischen und/oder staatlichen Verwaltungen nicht machen.

Ich lieh mir die beiden Edith Wharton-Bücher, die ich gerade zurückgebracht hatte, noch einmal aus, denn es war sehr lange her, dass ich sie gelesen hatte, und jetzt konnte ich viel mehr damit anfangen. Es waren *Das Haus der Freude* und *Die Kinder*. *Die Kinder* handelt davon, wie sehr sich das Leben vor fünfzig Jahren in den Vereinigten Staaten und in New York im Laufe von siebenundzwanzig Jahren verändert hat.

An etwas Schönes erinnere ich mich allerdings, sagte mein Exmann, an das Frühstück. Ich war überrascht. Bei uns gab's immer nur Kaffee. Dann fiel mir ein, dass es in der Rückwand unserer Kochnische ein Loch zur Nachbarwohnung gab. Dort aßen sie dauernd süß gebackenen Räucherspeck. Dadurch fühlten wir uns beim Frühstück immer richtig vornehm, doch ohne uns vollzustopfen und träge zu werden.

Das war, als wir arm waren, sagte ich.

Wann waren wir denn mal reich? fragte er.

Als unsere Verpflichtungen mit der Zeit größer wurden, da fehlte es uns doch an nichts. Du hast finanziell ausreichend für uns gesorgt, erinnerte ich ihn. Vier Wochen im Jahr sind die Kinder ins Ferienlager gefahren, mit anständigen Regenumhängen, Schlafsäcken und Stiefeln, wie alle anderen auch. Sie sahen sehr ordentlich aus. Im Winter war unsere Wohnung warm, und wir hatten hübsche rote Kissen und solche Sachen.

Ich wollte ein Segelboot, sagte er. Aber du wolltest nichts.

Sei nicht verbittert, sagte ich. Es ist nie zu spät.

Stimmt, sagte er mit großer Bitterkeit. Vielleicht kaufe ich mir ein Segelboot. Genauer gesagt, habe ich schon ein fünfeinhalb Meter langes mit Ketschtakelung angezahlt. Dieses Jahr verdiene ich gut und kann damit rechnen, dass es noch besser wird. Aber für dich – für dich ist es zu spät. Du wirst immer nur nichts wollen.

Während der ganzen siebenundzwanzig Jahre hatte er solche spitzen Bemerkungen gemacht. Wie eine Rohrreinigungsspirale wanden sie sich durch mein Ohr den Hals hinunter bis fast zum Herzen. Er aber verschwand und ließ mich an dem Gerät ersticken. Wie jetzt zum Beispiel, ich setzte mich auf die Büchereitreppe, und er ging weg.

Ich blätterte im *Haus der Freude*, verlor jedoch das Interesse. Der Vorwurf traf mich heftig. Natürlich stimmt es, ich habe nicht genug Wünsche und Ansprüche, die ich unbedingt durchsetzen will.

Aber manches will ich schon.

Ich will zum Beispiel ein anderer Mensch sein. Ich will die Frau sein, die diese beiden Bücher in zwei Wochen zurückbringt. Ich will die erfolgreiche Bürgerin sein, die das Schulsystem ändert und vor den Stadträten über die Probleme dieses reizenden städtischen Zentrums spricht.

Und ich hatte meinen Kindern versprochen, den Krieg zu beenden, bevor sie groß waren.

Ich wollte für immer mit einem Menschen verheiratet sein, meinem Exmann oder meinem jetzigen. Sie haben beide genug Persönlichkeit für ein ganzes Leben, was ja, wie sich herausstellt, so lang nicht ist. In einem kurzen Leben kann man nicht aus ihnen schlau werden oder ihre guten Eigenschaften ausreichend würdigen.

Heute Morgen erst habe ich aus dem Fenster geschaut, eine Weile lang die Straße beobachtet und gesehen, dass die kleinen Ahornbäume, die die Stadt ganz von selbst ein paar Jahre, bevor die Kinder geboren wurden, gepflanzt hat, jetzt in der Blüte ihres Lebens stehen.

Wie dem auch sei, ich beschloss, die beiden Bücher zurück in die Bücherei zu bringen. Was beweist, dass ich geeignete Schritte unternehmen *kann*, wenn ein Mensch daherkommt oder etwas passiert, der oder das mich aufrüttelt oder kritisiert. Man kennt mich aber eher als jemanden, der dem aus dem Wege geht.

Schulden

Heute rief mich eine Dame an. Sie sagte, sie sei im Besitz ihres Familienarchivs. Sie habe gehört, ich sei Schriftstellerin. Ob ich ihr helfen könne, über ihren Großvater zu schreiben, einen berühmten Erneuerer und Visionär des Jiddischen Theaters. Ich sagte, ich hätte schon jede kleinste Kleinigkeit, die ich über das Jiddische Theater wüsste, für eine Geschichte benutzt und keine Zeit, mir noch mehr darüber anzuhören und dann darüber zu schreiben. Ich bräuchte nämlich viel Zeit, um vom Wissen zum Erzählen zu kommen. Die Frau bot mir eine Erfolgsbeteiligung an, aber das ist mir zu unnatürlich. Das würde das Leben ihres Großvaters niemals schneller in Literatur befördern, wie ich sie schreibe.

Am nächsten Tag trank ich mit meiner Freundin Lucia einen Kaffee, und wir redeten über die Frau. Lucia meinte, es sei wahrscheinlich schwer, ein Familienarchiv, ja selbst Geschichten über bedeutende Großeltern oder Onkel zu besitzen, wenn man sechzig oder siebzig sei und keinen Schriftsteller in der Familie habe und die Kinder vollauf damit beschäftigt seien, ihr eigenes Leben zu leben. Es sei doch schade, das ganze Erbe zu verlieren, nur weil man selbst irgendwann stirbt, sagte sie. Ich sagte, ja, das verstünde ich. Wir tranken noch einen Kaffee, dann ging ich nach Hause.

Ich dachte über unser Gespräch nach. Eigentlich schuldete ich der Dame, die angerufen hatte, nichts. Aber meiner eigenen Familie und den Familien meiner Freunde und Freundinnen womöglich doch etwas. Und zwar das: ihre Geschichten so einfach wie möglich zu erzählen, um sozusagen ein paar Leben zu retten.

Weil es Lucias Idee war, gehört die erste Geschichte ihr. Ich erzähle sie, damit sich ein paar Leute an Lucias Großmutter und an ihre Mutter erinnern, die in dieser Geschichte acht oder neun ist.

Die Großmutter hieß Maria. Die Mutter Anna. Anfang des zwanzigsten Jahrhunderts lebten sie in der Mott Street in Manhattan. Maria war mit einem Mann namens Michael verheiratet. Er hatte hart gearbeitet, aber unglückliche Umstände und schreckliche Erinnerungen brachten ihn ins Hospital für Geisteskranke auf Welfare Island.

Jeden Morgen machte Anna den weiten Weg mit Straßenbahn, U-Bahn und wieder Straßenbahn, um ihm sein warmes Essen zu bringen. Die Krankenhauskost vertrug er nicht. Wenn Anna aus den steinernen Straßen Manhattans über die Brücke nach Welfare Island fuhr, war sie immer überrascht, wie ländlich es dort war. Sie spielte lange am grünen Ufer des Flusses, pflückte wilde Blumen auf den Wiesen und ging dann hoch zur Männerstation.

Als sie eines Nachmittags wie üblich vorbeikam, fühlte sich Michael sehr schwach und bat sie, sich gegen seinen Rücken zu lehnen und ihn zu stützen, während er sich zum Essen auf die Bettkante setzte. Und so geschah es, dass er in ihren dünnen kleinen Armen zu liegen kam, als er zurückfiel und starb. Er war sehr schwer. Sie hielt ihn ein, zwei Minuten lang und ließ ihn dann aufs Bett fallen. Sie sagte einem Pfleger Bescheid und ging nach Hause. Sie weinte nicht, weil sie ihn nie gemocht hatte. Sie sprach zuerst mit einer Nachbarin, und gemeinsam erzählten sie es der Mutter.

Der Hauptteil der Geschichte kommt aber erst jetzt:

Der Mann Michael war gar nicht Annas Vater. Ihr Vater war gestorben, als sie klein war. Maria hatte mit den anderen kleinen Kindern so gut wie möglich versucht, durch die schweren Zeiten zu kommen. Sie zog zu verschiedenen, beinah verwandten Familien im Viertel und half im Haushalt. Sie arbeitete fleißig und wurde allmählich bekannt für ihr feines selbst gebackenes Brot. Eine Weile lang lebte sie bei einer guten Freundin und backte fantastisches Brot. Aber bald sagte der Mann des Hauses: »Marias Brot schmeckt sehr gut. Warum lernst du nicht, so zu backen?« Und er bewunderte Maria sicher auch noch in anderer Hinsicht. Da bat die Frau Maria wohlweislich, sie möge sich bitte ein anderes Zuhause suchen.

Beim Straßenfest im Frühjahr lernte Maria einen Mann mit Namen Michael kennen, einen Verwandten von Freunden. Sie konnten nicht heiraten, weil er eine Frau in Italien hatte. Um mit ihm leben zu können, legte Maria ihrem vernunftbetonten Kopf folgende Fakten vor:

1. Der Mann war groß und hatte eine auffällige Narbe auf der Schulter. Ihr Mann war ungewöhnlich groß gewesen und hatte eine Narbe auf der Schulter gehabt.
2. Der Mann hatte rote Haare. Ihr verstorbener Mann hatte rote Haare gehabt.
3. Der Mann war Schneider. Ihr Mann war Schneider gewesen.
4. Der Mann hieß Michael. Ihr Mann hatte Michael geheißen.

Nachdem Maria ihren Verstand auf diese Weise überzeugt hatte, brauchte sie in einer wichtigen Zeit ihres Lebens nicht allein zu leben, hatte einen Vater, der gut für die Charakterbildung der Kinder war, einen Mann im Bett zum Wohlfühlen sowie einen Ehemann, dem sie dienen konnte. Trotz alledem und obwohl er in ihren Armen starb, mochte Anna, das Kind, ihn überhaupt nicht. Das war schade, denn er nannte sie immer »meine Kleine«. Bei ihren täglichen Besuchen hatte er stets im Flur oder auf der Kante seines weißen Betts auf sie gewartet, und sie hatte stets gerufen: »Hallo, Zio, hier ist dein Essen. Mama schickt es. Jetzt muss ich gehen.«

Ganz einfach

Sie würden mich sicher gern kennenlernen. Ich war eine Frau, die ihre Jugend ausgekostet hat. Ja, in den goldenen Jahren war ich nicht wie so manch andere. An mir flog die Zeit nicht vorbei wie ein flüchtiger Traum. Ich habe mich nicht nur samstagabends, sondern auch dienstags und mittwochs bestens amüsiert.

Hat es mir geschadet? Von wegen, wir hatten es so gut, wie es in diesem Land nur möglich ist: Autos, im Sommer was gemietet in Jersey, Fernsehen sofort, als es aufkam, für die Küche nur das Tollste. Beschwerden, mit denen ich den Boss behelligen müsste, habe ich nicht.

Trotzdem ist es wie ein langes, hoffnungsloses Heimweh, die Sehnsucht nach den Jugendjahren. Für mich sind sie wie mein Zuhause, das ich für immer verlassen habe, und die ganze Zeit seitdem habe ich in großen Freuden, aber in einer fremden Stadt gelebt. Na gut. Lebt wohl, ihr Jahre, an die ich mich gern erinnere.

Aber deshalb habe ich Verständnis für Ginny, die junge Frau unten, und ihre Kinder. Sie sind mickrig und unterentwickelt. Keine Sonne, kein Rindfleisch. Bloß Nudeln, Bohnen, Kohl. Da wusste es ja meine Mutter schon besser, und die war gerade erst vom Schiff runtergekommen.

In der guten alten Zeit war Ginnys Wohnung mal ein Abklatsch von meiner. Den Luftschacht rauf und runter hörte man das Singen aus ihrer Küche, das Banjospielen im Wohnzimmer, und im Schlafzimmer, das gab sie sofort zu, war ein Tamburin. Ihr Mann war kein Amerikaner. Er hatte schwarzes Haar – wie ein Zigeuner.

Und blitzsauber war damals alles, die Küche das reinste Mosaik aus blasslavendelblauen Kachelstückchen. Alle Oberflächen Resopal, alles funkelte. Die Töpfe und Pfannen hingen so, dass ihr Glanz die Besucher blendete ... der Übermut dieser Familie strahlte einem förmlich entgegen. Weil es Ginny jetzt so elend geht, ist sie natürlich immer schmutzig. Sie weint in einem fort. Wasser aus dem Hahn lässt sie nicht an sich ran.

Fünf Frauen aus unserer Straße, alte Freundinnen, neugierig, aber das gilt nicht für mich, trafen sich und schrieben ein Gesuch an das Jugendamt. Ich wusste schon, dass das nichts nützte, denn da muss schon mehr vorliegen als Schmutz, Suff und ab und zu ein bisschen Hurerei. Wahrscheinlich sind deshalb die Kinder unserer Stadt in so einem Zustand. Ich bemerke das schon seit Jahren, aber es geht mich nichts an. Mütter und Väter stehen auf, wann sie wollen, gehen, in Watte gepackt von der Fürsorge, nachmittags mit ihren Liebschaften für eine schnelle Nummer ins Bett und bumsen schon vor drei munter rum. (Ich schwör's.) Das Jugendamt zeigt keinerlei Interesse. Ganz egal, wer ihnen schreibt. Einflussreiche Leute, die man im Wahlkreis kennt, sogar die Wahlkreisbeauftragte, meine Cousine Leonie, die sich für die Wahl des Bürgermeisters dermaßen ins Zeug gelegt hat, kriegt keine Antwort, wenn sie einen Brief schreibt. Warum dann ich, die ich bloß Wahlbeobachterin bei den Vorwahlen bin?

Jetzt kommen sowieso andere Kinder hier ins Viertel, und ich meine nicht nur die Farbigen. Ich meine Leute wie Sie und ich, fromm und sauber, aber häufig auf dem absteigenden Ast. Ich hab ja nichts gegen Leben und Lebenlassen, aber was ist mit den Kindern?

Ginnys Mann ist mit einem puertorikanischen Mädchen abgehauen, das sich zwischen den Beinen rasiert. Das wissen alle, und zwar schon lange, sonst würde ich es nie sagen. Als Ginny hörte, dass er sich mit dem Mädchen rumtrieb, rasierte sie sich auch, weil sie hoffte, ihn zurückzulocken, aber bei ihr ekelte er sich, und damit war die Sache entschieden.

Wenn Männer älter werden, vergucken sie sich, blöd, wie sie sind, in die komischsten Weiber, mein Alter auch oft, so gern er mich all die Jahre hatte. Ich beachte es nicht weiter, das ist unter meiner Würde. Mein Rat an Mütter und Ehefrauen: Macht die Freundinnen dieser Trottel bloß nie nach. In eurem Alter werdet ihr sonst bloß zum allgemeinen Gespött. Habt ihr schon mal die Redensart gehört »Alter Teig geht in einem neuen Ofen nicht auf«?

Gut, Sie wissen es, ich weiß es, selbst die Huren und

Zuhälter und das sonstige Gesindel, die sich in diesem Haus eingenistet haben, kennen den Klatsch. Seit Neuestem ist mein Sohn John ständiger Besucher in der armseligen, schmuddeligen Wohnung dieser Ginny. Und wer kann es ihm verübeln, leid, wie er das speckige Gesicht seiner Margaret ist, voller Löcher und Narben vom Smog in Jersey. Meine Enkel, von denen ich fast sechs habe, sind blass, denn bei dem ganzen Öl dort hat die Sonne keine Chance. Selbst die Blätter an den Bäumen werden in Jersey nicht richtig grün.

John! Schau mir ab und zu mal in die Augen. Was warst du immer für ein liebes, gutes Kerlchen, wir haben immer versucht, dich mit den Jungs zusammen rauszuschicken, und wenn wir dich gebeten haben, bist du auch gegangen. Als er acht oder so war, haben wir ihn nach der Schule zu den Pfadfindern geschickt, eine ganz schön wilde Gang. Was die für Schimpfwörter kannten! Alle hart im Nehmen und frech, aber wenn ihr Anführer zu ihnen stieß, standen sie stramm. Rechts um! Man hätte denken können, sie wären bei den Marines gewesen, so exakt marschierten sie, und dienstagabends brachte ihnen mein Mann bei, was er noch aus seiner Zeit als Unteroffizier wusste. Marsch!, zwei, drei, vier!, ungefähr so viel wusste er noch. Auch John hielt sich wunderbar stramm, doch wenn er nach Hause kam, ließ er sich von mir in den Arm nehmen und einen Kuss geben. »Was habt ihr heute bei den Pfadfindern gemacht, mein Sohn? Exerziert, Schatz?«, fragte ich.

»Ach was, Mutter«, sagt er. »Mrs. McClennon hat die ganze Zeit Geld für das große Bezirkspicknick eingesammelt, und da hab ich meine Buntstifte rausgeholt und hier das Bild von Maria, unserer Heiligen Mutter Gottes, gemalt«, sagt er.

Mein John, so ist er. Auch mit einer Polaroid Land-Kamera würden Sie kein besseres Bild von ihm kriegen.

Die Leute haben gefragt, und es geht sie einen Dreck an: Warum habt ihr beide (sie meinten Jack und mich – wir gingen beide arbeiten) den einzigen Jungen, der euch geblieben ist, nicht zum College geschickt?

Also, mal ehrlich, er hätte im College nur Probleme gehabt. Um die Wahrheit zu sagen: Intelligent war er nicht. Sein Vater war nicht intelligent, und John hatte den Verstand seines Vaters geerbt. Unser Michael war klug. Aber Michael ist tot. Wir haben es ausführlich durchgekaut, sein Vater und ich, und beide gemeint, dass eine Lehre das Beste wäre. Mein Mann Jack war wer in der Gewerkschaft, von den ersten Kämpfen an, mutig und loyal. John ist ganz bequem über Empfehlung und Verwandtschaft reingerutscht. Das hatten wir klug entschieden. Der Beweis ist da.

Denn jetzt (ja, heute) ist er ein gemachter Mann, hat einen hervorragenden Namen im Baugewerbe und sich nebenbei ein Geschäft mit Grabsteinen aufgebaut. Er besitzt ein wunderschönes eigenes Haus, und alle seine Kinder sind angezogen wie die Neffen des Pfarrers.

Aber glauben Sie nicht, dass ich die Einzige bin, die

Ginny und John gesehen hat, als sie die Perlen in diesem pechschwarzen Schweinestall von Häuserblock waren. Nein, viele haben sie gesehen, und sie lassen bis heute keine Gelegenheit aus, den Anblick im Schlamm unter ihren Schädeldecken zu bewahren, sie wühlen im Dreck wie Krebse. Und ich bin auch nie überrascht, wenn sie davon reden, wenn sie versuchen, was aus der angeblich so schönen Zeit zu machen, als hätte *ich* dafür gesorgt, dass sie vergangen ist.

»Junge, Junge«, sagte Jack ungefähr zwanzigmal in dem Jahr, »sie ist eine wilde Hummel. Unser Johnny ist verrückt nach ihr … Sieh sie dir nur an.«

Gut, vielleicht ist sie wild. Aber auch nicht wilder als ich, als ich siebzehn war. Doch das habe ich Jack in dem ganzen Jahr nie erzählt. Ist auch lange her, dass ich mit Anthony Aldo das Gras im Central Park platt gedrückt habe. Jedenfalls konnte meine Wildheit mit jeder heutigen Wildheit mithalten. Aber das musste Jack nicht wissen. Er war ein eher schlichtes Gemüt … Schuftete wie ein Itaker, kriegte die Überstunden aber zum Glück wie ein Amerikaner anständig bezahlt. Ich wollte ihn nicht beunruhigen, um keinen Preis. Er war, wie es so schön heißt, die Güte leibhaftig.

Er kam immer um sechs nach Hause. Ich um Viertel nach, ich arbeitete nachmittags als Kassiererin. Ich setzte das Abendessen auf. Um sieben aßen wir, dann wuschen wir ab; und Punkt Viertel vor acht, wenn wir keinen Besuch hatten und auch der Junge nicht da war, wollte Jack gern seine Muschi. Kam gleich zur Sache. Um Viertel nach acht hatte er den letzten Rest weggeduscht. Ich gab ihm seinen kleinen Whiskey. Um die neuesten Nachrichten aus aller Welt zu erfahren, las er manchmal das Klatschblatt *Journal-American*. Alles andere war ihm zu viel. Gute Nacht, Mr. Raftery, mein Freund.

Danach konnte ich endlich die guten Sendungen im Fernsehen sehen und ein Gläschen Wein trinken. Obwohl mir gefiel, dass er mir täglich seine Aufwartung von Mann zu Frau machte, ermüdete es mich nicht halb so sehr wie ihn. Er war erschöpft, und ich konnte mir, ohne dass mir die Augen zufielen, die letzte Unterhaltungsshow bis zum Schluss der allerletzten Werbung ansehen. Meine wilden Mädchenjahre gehen nur mich selbst was an und sonst niemanden.

Also: Als Zeichen seiner Freundschaft vor Gott hatte John Ginny sein Highschool-Abzeichen geschenkt, obwohl er da schon voll im Beruf stand. Seine Mitgliedskarte von der Gewerkschaft konnte er ihr schlecht schenken (das wurde auch nie üblich), obwohl er Ginny mit zu einem berühmten Essen zu Ehren von Klaus Schnauer bei Camillo mitnahm: fünfunddreißig Jahre Gewerkschaftsmitglied, der einzige Kraut, den sie je in einen amerikanischen Unterbezirk reinließen, weiß Gott, ein widerlicher breitärschiger Nazi. Man hätte selbst noch zum rosaroten Kommunisten werden können, so fett, pardon, war sein Arsch. Na, wie üblich bei den jungen Leuten nahm die Samstagnacht kein Ende, und am Sonntagmorgen hatten sie einen fürchterlichen Kater. Noch völlig unrasiert und alles schwankte John zum Frühstück herein. (Ein Mann, Ehemann, Sohn oder Untermieter sollte beim Frühstück rasiert sein.) »Mutter«, sagte er. »Heute frage ich Virginia, ob sie mich heiratet.«

»Ich hab's dir ja gesagt«, rief mein Mann und ließ die Seite mit den Comics auf seinen Speck fallen.

»Ach, wirklich?«, sagte ich.

»Ja, und wenn Gott gut ist, nimmt sie mich.«

»Ich will Gott ja nicht lästern«, sagte ich, »aber wenn sie ja sagt, muss Er zum Angeln im Land der Vorväter sein.«

»Mutter!«, sagte John. Er ist ein netter Junge, ein guter, treuer Freund.

»Die geht doch mit jedem«, sagte ich.

»Also, Mutter!«, sagte John. Das sollte wohl heißen, solange sie nicht verlobt wären, könnte sie tun und lassen, was sie wollte.

»›Geht‹ ist noch gar nichts«, sagte ich. »Ich hab sie erst letzten Freitag gesehen, da ist sie mit Pete ins Phelan's ›gegangen‹, und er hatte den Arm um sie gelegt.«

»So ist Pete, Mutter.« Das sollte wohl heißen, es wäre nicht ihre Schuld.

»Was ist dann mit letztem Samstagabend, da musstest

du allein ins Kino, als gäb's im ganzen Stadtteil Manhattan keine, mit der du hättest gehen können, und als du weg warst, hab ich gesehen, wie sie bei Carlo zwei Cola gekauft hat und direkt zu John Kameron im dritten Stock gegangen ist ...«

»Na und?«

»... und um elf wieder rausgekommen ist, und da war *sein* Arm um sie ...«

»Und?«

»... und seine Hand tief unter ihrem Pullover.«

»Das stimmt nicht, Mutter.«

»Und ob das stimmt, und sag mir eins, junger Mann, wie findest du es, wenn du mit einem Mädchen verheiratet bist, das schon jeder geile Bock im Viertel abgegrapscht hat, als wär's der Tresen einer Carvel-Eisdiele. Na, sag's mir!«

»Dolly«, sagt Jack. »Jetzt gehst du zu weit.«

John schaut mich an, so rot und stumm wie ein Babyknie.

»Was die Fakten angeht, längst nicht weit genug. Ich werd den Teufel tun und den Mund halten. Hör mir gefälligst zu, Johnny Raftery, du lässt dich zum Narren halten. Schau nur mal durch das Fenster da vorn, und ich wette, wenn du dir das Fernglas von deinem Vater holst, würdest du dein Liebchen schon aufspüren. An manchen Abenden kommt sie, soweit ich weiß, da hinten aus dem parkenden Lastwagen gar nicht raus, und Pete oder der schwachsinnige Junge von den Kamerons haben keine Mühe, mit ihr zu machen, was sie wollen. Hör zu, Johnny, von den erwachsenen Frauen, die letzten Sonntag, als es so verdammt windig war, auf der Treppe gesessen haben, weiß jede, dass Ginny keine Unterwäsche trägt.«

»Ach, Dolly«, sagt mein Mann und schlägt die Hände vor den Kopf.

»Ich gehe, Mutter, das ist üble Nachrede, ich sage ihr, sie soll dich wegen übler Nachrede drankriegen«, brüllt der dämliche John aus seinem tomatenroten Gesicht. »Ich gehe jetzt und frage sie, und ich liebe sie, und es ist mir egal, was du sagst. Ob die Wahrheit oder lauter Lügen, es ist mir egal.«

»Wenn du gehst, Johnny«, sagte ich ruhig wie ein toter Fisch und verdrehte die Augen nach oben zum Gebet, um auch wirklich Gehör zu finden, »dann muss ich das jetzt machen.« Ich nahm ein eher stumpfes Küchenmesser und stieß es mir mindestens ein Drittel Zentimeter ins Fett um mein Herz. Wahrscheinlich steckt das Herz einer Frau mittleren Alters tiefer als ein Drittel Zentimeter tief, denn ich hab's ja überlebt. Doch schon bald kam ein bisschen Blut, und mein Sohn starrte darauf; es kam durch mein Nachthemd, breitete sich auf meinem Bademantel aus und war auf meiner Schürze so rot wie auf einem Bild in einer italienischen Kirche. John fiel auf die Knie und verbarg den Kopf in meinem Schoß. »Mutter, Mutter, du hast dich verletzt«, weinte er. Mein Mann sagte kein Wort. Er verbiss sich seinen Zorn, sagte aber später zu mir: »Eins muss dir klar sein – die Gefühle in seinem Herzen, die hast du zerstört.«

Am nächsten Morgen traf ich Ginny in Carlos Laden. Sie schaute mich nicht an. Dann doch. Dann sagte sie: »Schöner Tag, Mrs. Raftery.«

»Hm«, sagte ich. (Es stimmte.) »Woher weißt du, was das für ein Tag ist?« (Ich weiß nicht, was ich damit meinte.)

»Was ist los, Mrs. Raftery?«, sagte sie.

»Wie, los?«, fragte ich.

»Also, Sie sind böse auf mich, offenbar mögen Sie mich heute Morgen nicht.« Sie verzog das Gesicht zu einem Lächeln.

»Doch, doch, ich mag dich sogar sehr«, sagte ich, um sie auszutricksen. »Es ist nur, weißt du, *du* magst *Johnny* nicht. Woher denn auch?«

»Was?«, sagte sie und riss den Kopf hoch, um diese Antwort richtig in den Blick zu kriegen.

»Nein, nein, nein«, sagte ich. »Nein, nein!«, brüllte ich und zog Ginny am Arm. »Lass uns hier rausgehen. Ginny, du magst John nicht. Er durfte dein Verehrer sein und auch schon mal an dir rumfummeln, aber er ist ja so brav, dass er dich nicht weiter bedrängt hat.«

»Sie sollten sich um Ihre eigenen Angelegenheiten kümmern«, sagte Ginny sehr leise, weil ich die Ältere bin, aber mit Tränen in den Augen.

»Mein Sohn *ist* meine eigene Angelegenheit.«

»Nein«, sagte sie, »er ist seine eigene Angelegenheit.«

»Mein Sohn ist meine Angelegenheit. Ich habe nur noch einen, und der ist meine Angelegenheit.«

»Nein«, sagte sie, »seine eigene.«

»MEIN SOHN IST MEINE ANGELEGENHEIT. AUS LIEBE UND PFLICHT.«

»O nein«, sagt sie. Leise, weil ich die Ältere bin, aber selbstbewusst. (Das ist mir aufgefallen. Die jungen Leute schauen einen an, und urplötzlich kapieren sie, dass sie einen ja überleben, und glotzen mit ihrem stahlharten Blick meist zwei Zentimeter oder so über einen hinweg. Ist Ihnen das auch aufgefallen?)

Zu Hause sagte ich: »Also, Jack, der Junge muss auf den richtigen Weg gebracht werden. Willst du, dass er den Rest seines Lebens im Bett mit einer Fürsorgewaise verbringt?«

»Ach, so ist das«, sagte Jack. »Auf einmal ist sie eine Waise? Nur ihre Mutter ist tot. Was hat das eine überhaupt mit dem anderen zu tun? Es soll immer alles nach deiner Nase gehen, Dolly. Du machst alles immer nur schlimmer ...«

Was als Nächstes kam, passiert in Familien nur zu oft und bringt meist Kummer und Leid. Im Rückblick ist es bloß ein Staubkorn im Vergleich zum Leben.

Denn: Nach diesem Gespräch wollte Jack rein gar nichts mehr mit mir zu tun haben; er brach mit seinen abendlichen Gewohnheiten nach dem Essen und unternahm lange Spaziergänge. Ich glaube, daran ist er gestorben, denn er war ein Gewohnheitstier.

Und: Auf einem dieser Spaziergänge wurde an seiner Seite eine Bohnenstange vom anderen Ende der Stadt gesehen, die viele Leute drüben am Tompkins Square kannten. Sie trägt selbst in der Badewanne ein riesiges orthodoxes Kreuz, wahrscheinlich, um nicht völlig baden zu gehen.

»Dann zum Teufel mit dir, Jack«, sagte ich. »Du kannst mir den Buckel runterrutschen. Such dir doch eine Wohnung auf der Avenue D ohne warmes Wasser.«

»Ja, warum nicht? Ich gehe. Gut dann«, sagte Jack. Wahrscheinlich dachte er, nach ein paar Wochen Urlaub bei seiner kleinen Pussikowska und ihrem Farbfernseher würden seine Bedürfnisse abkühlen.

»Bleib mir bloß weg von hier«, sagte ich, »du lüsterner alter Knacker. Ich schick dir deine Hemden mit dem Windelwaschdienst.«

»Mutter«, sagte der arme John, als er die Abwesenheit seines Vaters bemerkte. »Was ist los mit dir? Wie du redest. Mit Dad. Das kommt vom Wein, Mutter. Das weiß ich.«

»Du bist ja bloß ein aufgeschwemmter Biersäufer!«, sagte ich ruhig. (Biertrinker sind neidisch auf Weintrinker. Obwohl mein Vater ein armer Ire in Baumwollsocken war – in seinem Haus hatten wir die Wahl.)

»Nein, Mutter, ich meine, manchmal bist du nicht ganz klar im Kopf.«

»Verrückt, meinst du, lieber Sohn? Was? Schizophren oder so?«

»Irgendwas stimmt nicht mit dir!«, sagte er. »Willst du etwa nicht, dass Dad zurückkommt?« Er war nervös bis in die Fingernägel.

»Der kommt schon zurück. Kümmer du dich um deinen eigenen Kram. Es ist nicht das erste Mal, du Grünschnabel.«

»Was?«, fragte er entsetzt.

»Du bist blind wie ein Maulwurf, du Milchbubi. Wo warst du Weihnachten vor drei Jahren?«

»Was! Aber Mutter! Ging's dir nicht schrecklich? Schrecklich! Wie konntest du dir das gefallen lassen, dass er dich so behandelte? Mein Dad!«

»Jetzt reicht's aber, John, du bist ein dummer Junge. Meinst du, ich wollte in seinem blöden Gesicht sehen, wie er feixt? Das würde mich umbringen.«

»Mutter, das ist nicht recht.«

»Mensch, geh zur Arbeit und kümmer dich um deine eigenen Angelegenheiten, Sohnemann.«

»Es ist meine Angelegenheit«, sagte er. »Und nenn mich nicht Sohnemann.«

Ungefähr zwei Monate später kam John mit Margaret nach Hause, beide blasenübersät von vierunddreißig Grad am Hopatcong-See. Ich will nicht ungerecht sein. Da war sie noch nicht von der Luft in Jersey entstellt und sah nicht zu schrecklich aus, zumindest nicht in den Augen eines sauberen, anständigen Jungen.

»Das ist Margaret«, sagte er. »Sie ist aus Monmouth in Jersey.«

»Bist du gerade mit der Queen Mary angekommen, Liebes?«, fragte ich, weil ich es witzig fand.

»Ich muss sie zum Abendessen nach Hause bringen. Ihr Vater ist streng.«

»Ja doch«, sagte ich, »trinkt vorher noch eine Cola.«

»Ach, vielen herzlichen Dank«, sagt Margaret. »Vielen, vielen herzlichen Dank, Mrs. Raftery.«

»Hat sie überhaupt Blut in den Adern?«, brüllte Jack nach seiner Dusche. Mittlerweile war er wieder zu Hause, mager und unzufrieden. Bringt das Altwerden jemals Zufriedenheit?

John holte sich keine Einwilligung, weder von seinem Vater noch von mir, und antwortete auch auf keine Frage mit Ja oder Nein. Er war in dem Alter, in dem er nicht ohne Ehefrau leben konnte. Dazu diente ihm diese Margaret.

Für ihn war der Zeitpunkt gekommen, weiterzuziehen, wie für uns alle einmal. Und er ist vorangekommen. Erstens: Er sorgt dafür, dass sie immer einen Braten in der Röhre hat. Zweitens: Da die Leute heute ja Häuser brauchen, hat er eins gekauft und es mit lateinischen Büschen umgeben. Nur der Direktor der Holy Redeemer Highschool weiß, was die Namen auf den kleinen Schildchen an den Zweigen bedeuten. Jeden Abend nach der Arbeit spritzt Johnny seinen Rasen mit einem Schlauch ab. Sein Ältester ist jetzt vierzehn und ein Nichtsnutz. Die Kleinste ist vier, und sie erinnert mich mit ihren blitzenden Augen und der spitzen, streitlustigen Zunge an mich.

»Wieso habt ihr nie eins nach mir benannt?«, fragte ich Margaret direkt ins Gesicht.

»Na ja«, sagte sie, »es sind ja erst zwei Mädchen, Teresa nach meiner Mutter und Cathleen nach meiner Lieblingsschwester. Gleich das Nächste benennen wir nach dir.«

»Was? Das Nächste? Willst du meinen Sohn umbringen?«, fragte ich. »Er muss ja jetzt schon Nachtschichten schieben. Und besonders gut siehst du auch nicht aus. Du solltest mal zu einem schicken jüdischen Arzt gehen und dir die Eileiter abklemmen lassen.«

»Oh«, sagte sie. »Niemals.«

Ich muss immer ein wenig sticheln, damit ich überhaupt eine Antwort aus ihr rauskriege. Meistens klappt es nicht. Ich fühle mich dann eher wie ein verrückter Bauarbeiter, der sich mit frisch angerührtem Zement unterhalten will. Sind die Frauen heute so? Sparen Sie sich Ihre Antwort. Die Zeit vergeht trotz ihrer Begriffsstutzigkeit.

Und sie ist ja auch vergangen, jetzt sind wir hier in der Gegenwart, die Dinge passieren jetzt, und als Witwe bin ich nun eine beliebte Babysitterin bei allen, die mich für unausgeglichen, aber nicht zu durchgeknallt halten. Eine große Bilderbuchvorleserin für die Kleinen. Ich lese wie eine Schauspielerin, wie Joan Crawford oder Maureen O'Sullivan, meine Stimme ist tiefer als früher.

Für das, was ich brauche, verdiene ich mir ein bisschen was dazu, und Johnny sorgt für den Luxus, den ich haben muss. Ich ziehe nicht zu Fremden. Meine Straße ist meine Familie, da muss ich gar nicht wegziehen.

Und da Freundschaften nie enden, kommt Johnny zur Ablenkung zweimal die Woche zu Ginny. Ginny und ich reden kein Wort miteinander, obwohl wir uns oft begegnen. Sie weiß, dass ich nicht nur recht habe, sondern auch gesiegt. Sie hatte es außergewöhnlich schön (was die meisten Leute nicht haben) – sie hatte die Chance, ein paar Jahre mit einem jungen Burschen wie dem Blackie zusammen zu sein. Er hat ihr ein verdammt tolles Kribbeln beschert, das sie im ganzen Körper spürte, obwohl damit schon Schluss war, bevor die Jugend verging. Und mein Johnny, na, der hat sie jetzt, exakt wie ursprünglich mal geplant und gewünscht, und sie ist vollkommen von ihm abhängig. Sie braucht ihn. Ihre Kinder verlassen sich auf ihn. Sie klettern ihm über die Knie auf die Schulter. Aus dem Fenster rufen sie nach ihm, *John, John*, wenn seine dämliche Margaret ihn zu Hause hält.

Schade, dass ich nun auf die Art recht bekommen habe, und Jack stellt oben den unschuldigen Engeln nach.

An Sommerabenden warte ich auf der Vortreppe, um John zu sehen, denn er hat nie genug Zeit, Ginny *und* mich zu besuchen. Ich brauche seinen Anblick, warum, weiß ich nicht. Ich mag aber die Straße sowieso und den heißen Abend, wenn der Eiswagen all die schmutzigen Kinder und die Halbstarken mit den anzüglichen Blicken mitbringt. Ich gieße einen Tropfen Rotwein auf mein Erdbeereishörnchen, das hat uns mein Vater sonntags immer erlaubt, aber die Weiber mit den besoffenen Köpfen gehen davon die braunen Backsteinwände hoch, Maria hilf!

Nun zu ein paar ernsten, bisher nicht gestellten Fragen:

Was zum Teufel sollen das ganze Getöse und die Eile, wenn es doch ganz einfach ist? Wie kommt es, dass John auf seiner lebenslangen Reise zu Ginny zuerst Margaret all die Höflichkeitsbesuche abstatten musste? Auch Jack, wo stand er wirklich? War er dafür oder dagegen? Und dieser Anthony, was wollte der eigentlich, als ich immer wieder nachgegeben habe (und ich weiß, *ich* habe angefangen)? Er hat mich nicht geschwängert, was in Büchern ja immer sofort passiert. Und wieso hat der französische Priester, in Tränen aufgelöst und gegen seinen Auftrag, zu mir gesagt: »Ach nein, Dolly, wenn du in anderen Umständen bist (er meinte schwanger), dann heiratet er dich bestimmt, armes Kind, jetzt lächle, armes Kind, denn das verspricht die Kirche den neugeborenen Kindern.« Und wieso habe ich, bevor ich wegging, um zu leben und zu sterben, damals noch so robust und frohgemut, darauf nur sagen können: »Nein, Vater, er liebt mich nicht.«

Faith am Nachmittag

Wenn ihr, verbündete Querdenker der Westlichen Welt, was Vernünftiges zu sagen habt, wartet nicht. Schreit es heraus, jetzt sofort. In zwanzig Jahren plus/minus einem Frühling, werden eure Enkel überall auf der Welt in Sandkästen liegen, die Ohren am Boden, und nach Signalen aus lange vergangenen Zeiten lauschen. Ja, was hört ihr heute, wenn ihr in den Great Plains auf einem Haufen grauem Staub kniet? Wie die Schweine grunzen, Kartoffeln gepellt werden, Indianer rennen, der Winter kommt?

Faith hat den Kopf fast jeden Wochentag um Mitternacht unter dem Kissen, schweißnass von Träumen, seekrank von Meeresklängen, dem kreischenden Wind, mit hochgerecktem Schwanz, gestochen von der Flut.

Das liegt daran, dass ihr Großvater, einen gefrorenen Hering in der Tasche, Spuren in das salzige Meer kratzte, während er meilenweit an der eisigen Ostseeküste Schlittschuh lief. Faith hingegen, mit ihrem empfindsamen Gehör, wurde auf Coney Island geboren.

Wer sind ihre Vorfahren? Mama und Papa natürlich. Ihr Umfeld? Ein Bruder und eine Schwester, die ihren eigenen Kummer aus diesem Leben an der Nase herausführen müssen und zusammen den reinsten zweisprachigen, vierfüßigen Hermaphroditen ergeben würden. Trotzdem, wie zum Beweis dessen, wie toll sie sind, hegen sie keinen Groll gegen Faith und wollen sie unbedingt immer besuchen, vor allem die Jungs, die armen vaterlosen Jungs, die sie mit ihren eigenen Jungs zu einem Picknick, zu einem Spaziergang oder an ein Meer mitnehmen, und Gottseidank konnten wir auch Mama im Children of Judea besuchen, sie lässt schön grüßen … Nie sagen sie abfällig wie vielleicht andere Geschwister: Es würde dir kein Zacken aus der Krone fallen, wenn du auch mal vorbeigingst, Faith, es ist nur eine Fahrt mit der U-Bahn …

Hope, Faith und sogar Charles – der einmal im Jahr vorbeikommt und mit finsterem Blick erkundet, ob Faiths Überlebenskünste nicht doch erlahmen, weil sie sich so leicht ausnutzen lässt – haben ihre Eltern inständig gebeten, die Entscheidung, sich ins Children of Judea einzukaufen und dort hinzuziehen, noch einmal zu überdenken. »Mutter«, sagte Hope und nahm die Brille ab, weil sie nicht mal wollte, dass die kleinen Glasscheiben zwischen ihrer Mutter und ihr standen. »Mutter, was meinst du denn, wie du mit den ganzen Yentas zurechtkommst? Die sprechen nicht mal alle Englisch.« »Ich habe in meinem Leben ohnehin schon zu viel Englisch gesprochen«, sagte Mrs. Darwin. »Wenn mir Englisch so gut gefiele, würde ich nach England ziehen.« »Warum gehst du nicht nach Israel?«, fragte Charles. »Das würden die Leute wenigstens verstehen.«

»Und euch verlassen?«, fragte Mrs. Darwin, und die Tränen stiegen ihr in die Augen bei dem Gedanken, dass ihre Kinder hier mutterseelenallein waren und ihr Leben in den Untiefen des Alltags in den Sand setzten, ohne dass ihr tränenreicher Blick es begleitete.

Wenn Faith an ihre Mutter und an ihren Vater denkt, egal, in welchem Lebensabschnitt, jung oder unvermeidlich älter geworden, sieht sie sie stets am Ufer hocken, ihre hellen Augen auf die weißen Wellen gerichtet. Dann fühlt Faith sich selbst mittendrin im Fluss der Dinge und kann sich vorstellen, Ärmelkanäle und Hellesponte zu durchkraulen und sogar einen Pädagogikabschluss zu machen, damit sie endlich in einem ordentlichen Beruf glänzen und die Schwachsinnstätigkeiten dieses hochmütigen Landes hinter sich lassen kann.

Vielleicht sollte man manches noch erwähnen. Die Darwins sind wegen der Luft nach Coney Island gezogen. In Yorkville bekamen sie keine Luft. Dorthin hatte Faiths Großvater ihre Großmutter unter deutsche Nazis und irische Tagediebe verpflanzt, sich aber bald danach im blauen Schlafanzug in den Tod verabschiedet.

Die Großmutter tat, als sei sie Deutsche, genauso, wie Faith tut, als sei sie Amerikanerin. Faiths Mutter setzte sich über all das hinweg, denn als sie erst mal heil und gesund unter ihresgleichen in Coney Island war, lernte sie richtiges Jiddisch und half Faiths Vater, der in Fremdsprachen nicht so gut war. Sobald sie alle Verben und notwendigen Substantive auf ihrer Zunge versammelt hatte, schwor sie, nur noch auf Jiddisch zu schimpfen und nur auf Jiddisch zu trauern, und diesen Schwur hat sie bis heute gehalten.

Seit Faith aufgegangen ist, dass sie wegen Ricardo eine Weile unglücklich sein würde, hat sie ihre Eltern nur einmal besucht. Faith ist eine wahre Amerikanerin, und wie alle anderen auch wurde sie natürlich in dem Glauben erzogen, ein Anrecht auf Glücklichsein zu haben.

Ohne jeden Zweifel und in jeder Hinsicht geht es ihr hundsmiserabel. Vor ihren Eltern schämt sie sich deswegen. »Du solltest dir Hilfe holen«, sagt Hope. »Die Psychiatrie wurde für gutgläubige Leute wie dich erfunden, Faith«, sagt Charles. »Das Leben ist kurz, mein kleines Blondchen. Ich geb dir, was du dafür brauchst«, sagt ihr Vater. »Wann wirst du endlich erwachsen?«, sagt ihre Mutter.

Die Eltern haben Wichtigeres im Kopf: das geteilte Jerusalem; den Zweiten Weltkrieg, über den sie sich immer noch heftig streiten; die friedliche Nutzung der Atomenergie (ist sie überhaupt nötig?); erneute kleine Wellen des Antisemitismus, die an den stillen Strand ihrer Lebensleistung schlagen.

Da sind sie natürlich von Faith und ihrer lächerlichen Situation mitten in Zeiten des Wohlstands abgestoßen. Faiths mutwilliges Unglück finden sie beschämend.

Na gut! Dann ist es eben eine Schande! Sollen sie sich doch alle schämen!

Dieser Ricardo, Faiths erster Ehemann, war sehr kultiviert. Er war stolz und glücklich, weil Männer ihn mochten. Eigentlich, sagte er, sei er ein Männermann. Wie jeder echte Männermann stellte er auch den Frauen nach. Ja, er wurde oft gesehen, wie er gewissen jungen Frauen auf der West Eighth Street nachstellte oder über kleine Zäune in den Bedford Mews sprang, um das eine oder andere Miezekätzchen einzufangen.

Er benutzte immer Kosenamen für die Frauen, und die bezogen sich meist auf irgendeinen Makel in ihrer äußeren Erscheinung. Faith nannte er Kahlköpfchen, obwohl sie weder kahl ist, noch jemals sein wird. Sie hat feines blondes Haar und findet, es passt zu ihrer im Ganzen zarten Konstitution, dass sich ihr Haar, wenn sie es in einem ganz gewöhnlichen Knoten zusammenfasst, um das Gesicht löst und ringelt und ihr das Aussehen eines schüchternen jungen Mädchens verleiht. Ricardo lebt jetzt mit einer wohlproportionierten jungen Frau mit weißen runden Armen zusammen und nennt sie Dickerchen.

Wenn Faiths erster Gatte in New York ist, wohnt er in unmittelbarer Nähe zum Green Coq, einer gut gehenden Kneipe, wo er wohlbekannt ist und laut begrüßt wird, wenn er hereinkommt und seine jeweilige Frau galant vor sich herschiebt. Er stellt sie ringsum vor – hier, das ist Dickerchen, oder hier, das ist Kahlköpfchen. Früher einmal gab es Klette, aus der Gosse gezogen, wo sie mit Russell dem Barmann mit Vorliebe Einwanderer ausnahm. Ricardo hob sie empor auf das wacklige Gerüst seiner billigen Taschenbuchkultur, weit über ihre Klasse, um sie davor zu bewahren, alt und grau zu werden (sein Scherz), und dort oben strampelt das arme Mädchen bis heute wie wild in der Luft herum, um ihre Probleme zu lösen.

Faith sah Klette immer nur durch die Horney-Brille. Klette war eigentlich nur ein ganz normal heruntergekommenes Mädchen mit schlechten Manieren gewesen, doch nachdem Ricardo ihr durch zwei Abtreibungen und einen beschissenen Winter geholfen hatte, wurde sie Alkoholikerin und hurte nun für Geld. Die Beine für die üblichen Belohnungen breit zu machen – Gesellschaft für einen Abend und ein Wochenende mit spätem Frühstück –, gab sie bald auf.

Klette war vor Faith. Ricardo erklärte sich bereit, Faiths Mann zu werden, jedenfalls für ein paar Jahre, weil Faith vor lauter Begeisterung schwanger geworden war. Kurz danach erlitt sie ganz von selbst eine Fehlgeburt, doch da war es zu spät. Als es passierte, waren sie seit sechs Wochen mit Brief und Siegel verheiratet, und er ergab sich ihrer Liebe als der Gentleman, der er ja vielleicht wirklich ist, ein mittelgroßer, breitschultriger Mann, glattes schwarzes Indianerhaar, das sich rau in den Fingern anfühlt, lavendelfarbene Augen. Jedem gegenüber, der es hören will, gibt Faith bereitwillig zu: Sie hat Ricardo geliebt. Sie begann sogar sich selbst zu lieben und ihre Eigenschaften, die ihn – zumindest ein paar Jahre lang – zu solch herzerwärmenden Bemühungen veranlassten.

Sie hält immer dagegen, wenn jemand »Also wirklich, Faithy, was meinst du damit – lieben?« sagt. Sie muss Ricardo geliebt haben. Sie hatte zwei Jungs mit ihm. Sie hat sie ihm zu Ehren und seiner Art sie zu lieben, wenn er nüchtern war, bekommen. Er glaubte, und schrie das auch oft im Green Coq herum, wo er jeden Abend hintorkelte, dass sie die Kinder nur gekriegt hatte, um aus ihm einen dämlichen Bürohengst zu machen. Aber das war Wasser ins Meer tragen.

Nichts lag ihr ferner, sagte Faith in jenen unkomplizierten Zeiten. Öffentlich hatte sie auf dem Spielplatz oder in der Kassenschlange bei A&P ganz vernünftige Sachen gesagt, dass zum Beispiel Gelegenheitsarbeit eine wunderbare Art und Weise sei, über die Runden zu kommen, wenn man sich auf einen unterdurchschnittlichen Lebensstandard geeinigt habe. Denn wie, erklärte sie den Frauen, denen sie schon vertrauensvoll ihr gesamtes Leben erzählt hatte, kann ein Mann seine Kinder kennen, wenn er immer bei der Arbeit ist, immer weg? Genau, das ist das Problem mit Kindern heute, antworteten die Frauen, die ihr nicht widersprechen wollten, sie sehen ihre Väter nie.

»Mama«, sagte Faith bei ihrem letzten Besuch im Children of Judea, »Ricardo und ich sind in Zukunft nicht mehr so oft zusammen.«

»Faithy«, sagte ihre Mutter. »Du bist immer so aufbrausend. Nein, nein, hör mir zu. Das passiert vielen Menschen im Laufe ihres Lebens. In ein paar Tagen ist er wieder da. Schließlich sind die Kinder … sag nur, dass es dir leidtut. Das ist doch keine große Sache. Unfug. Als er vor ein paar Monaten hier war, dachte ich, es wäre viel besser geworden mit ihm. Denk nicht weiter dran. Mach das Haus sauber, leg ein Steak in die Pfanne. Sag den Kindern, sie sollen mal ein bisschen leise sein, schick sie zur Nachbarin zum Fernsehen. Ehe du dich's versiehst, ist er wieder da. Achte nicht weiter drauf. Geh mal zum Friseur. Papa gibt dir liebend gern ein bisschen Geld. Am Hungertuch nagen wir nicht, das weißt du. Du musst uns nur sagen, dass du Hilfe brauchst. Mach dir keine Sorgen. Morgen kommt er durch die Tür. Wenn du nach Hause kommst, macht er bestimmt gerade die Stereoanlage an.«

»Ach, Mama, Mama, mit Musik hat er nichts am Hut.«

»Oj, Faithy, ein bisschen was Besseres musst du doch aus deinem Leben machen.«

Den Blick vor Scham gesenkt, saßen sie schweigend beieinander. Da rüttelte jemand am Türknauf. »O Gott, die Hegel-Shtein«, flüsterte Mrs. Darwin. »Psst, Faith, kein Wort zu ihr. Sie mischt sich immer in alles ein. Mach nicht mal eine Andeutung.«

Mrs. Hegel-Shtein, Vorsitzende des Großmutterwollsocken-Vereins, glitt auf gut geölten Rollstuhlrädern herein. Sie brachte einen Schoß voll bunter Wollstränge mit. Sie war eine alte Dame. Mrs. Darwin war eigentlich keine alte Dame. Mrs. Hegel-Shtein hatte diesen Aktivenverein eingerichtet, weil die Kinder heutzutage den ganzen Winter Baumwollsocken tragen. Großmütter, die die Wärme in den Extremitäten im Eiltempo verlieren, sind von Natur aus gegenüber diesen Dingen empfindlicher als die gegenwärtige Generation nebenberuflicher Mütter.

»Shalom, Liebes«, sagte Mrs. Darwin zu Mrs. Hegel-Shtein. »Wie geht's, was macht die Kunst?«, fragte sie tapfer.

»Ach«, sagte Mrs. Hegel-Shtein, »Mrs. Essie Shifer ist ausgetreten. Die Handgelenke.«

»Wirklich? Aber dann lass sie trotzdem weiter bei uns sitzen. Gesellschaft tut ihr gut.«

»Ich bitte dich, was für eine therapeutische Wirkung hätte es, wenn sie nur dasitzt? Pah!«, sagte Mrs. Hegel-Shtein. »Aber Entschuldigung, sag bloß, das ist Faith. Faith? Sieh einer an. Hope kenne ich, aber das ist wirklich Faith. Da haben Sie also endlich doch ein Viertelstündchen übrig, Ihre Mutter zu besuchen ... Was hat sie für ein Glück, dass Sie nicht immer und ewig so viel zu tun haben.«

»Ach, Gittel, ich bitte dich, sei still«, sagte Faiths peinlich berührte Mutter. »Wirklich, lass doch. Faith kommt, wenn sie kann. Sie ist Mutter. Sie hat zwei kleine Jungs. Sie ist berufstätig. Hast du vergessen, Gittel, wie es war, als sie klein waren? Wer kommt zuerst? Die Kinder … die kleinen Kinder, die kommen zuerst.«

»Ja, sicher, schon gut, über zuerst weiß ich alles. Kam Archie nicht zuerst? Mir ist eine große Ehre widerfahren. Ich habe vom Ehepaar Zuerst eine Weihnachtskarte aus Florida bekommen. Hört mir nur zu, ihr Narren. Ich hab sie besucht, war bei ihnen im Sommerhaus, in den Wäldern, nicht weit von Flüssen. Aber es hat keine Belüftung, die ganze Bude riecht nach Termiten und dem Hund. Bitte, hab ich Herrn Zuerst gebeten, bitte, Herr Zuerst, ich bin eine alte Frau, hab Erbarmen mit mir, ich brauche mehr Luft, lass die Tür offen, ich bitte inständig darum. Nein, keine Chance. Jeden Abend um elf Uhr, rums, wird die Tür geschlossen, wie ein Felsbrocken. Wegen einer Sache von zehn Minuten schließen die sich die ganze Nacht ein. Für mich ist ein Heim für alte Damen besser, habe ich ihnen gesagt. Da schämt sich keiner, wenn die Türen aufstehen.«

Mrs. Darwin wurde rot. Faith sagte: »Schauen Sie doch nicht so genau auf die Uhr, Mrs. Hegel-Shtein.«

Mrs. Hegel-Shtein, die auf jeden Fall Faith besser zu kennen schien als Faith Mrs. Hegel-Shtein, sagte: »Schon gut, schon gut. Jetzt, wo Sie einmal hier sind, Faith, machen Sie sich nützlich. Helfen Sie uns. Hier, halten Sie die Wolle, stecken Sie die Hände durch, Ihre Mama wickelt sie zu einem Knäuel.« Faith hatte nichts dagegen. Sie streckte die Arme aus und hielt die Wolle. Mrs. Darwin wickelte sie unermüdlich ab und auf.

Mrs. Hegel-Shtein dirigierte das Ganze mit lauter Stimme, rollte vor und zurück und vereitelte schwere Fehler. »Celia, Celia«, rief sie, »es sollte runder sein, du machst ja ein Quadrat. Faithy, halt die Arme steifer. Beweg dich ein bisschen mit. Oder hast du Kinderlähmung?«

»Mehr Wolle, mehr Wolle«, sagte Mrs. Darwin und warf ein fertiges Knäuel in eine Einkaufstasche. Fleißig wie die Bienen plauderten sie über das Leben im Allgemeinen und im Besonderen. Wie Frauen eben. Sie arbeiteten. Sie erzählten sich gegenseitig lebenswichtige Dinge und das so hingebungsvoll wie ein ganzer Kibbuz.

Die Tür zu Mr. und Mrs. Darwins Zimmer war offen geblieben. Bärtige alte Männer gingen vorbei, die Daumen auf dem Rücken verhakt, alle gleich, die übrig gebliebene Armee des Herrn. Sie hatten die Morgenzeitung unter ihre Matratzen gesteckt und liefen wegen der traurigen Tagesereignisse schnell zum Temple of Judea im fünften Stock, von dem aus sie leichter mit Gott kommunizieren konnten. Die Frauen stützten sich schwer auf Stöcke, die Gelenke vom Kalk blockiert. Sie klopften an die offene Tür und sagten: »Oj, fleißig ...« oder »Mrs. Hegel-Shtein, Sie machen wohl nie Pause«. Zu Faiths Mutter, der stellvertretenden Vorsitzenden des Großmutterwollsocken-Vereins, sagte niemand großartig was.

Hope hatte sie gewarnt: »Mutter, du bist erst fünfundsechzig. Und siehst aus wie fünfundfünfzig.« »Die Jugend hat man im Herzen, Hopey. Ich fühle mich älter als Großmutter. So bin ich veranlagt. Aber egal, Papa ist praktisch siebzig, er verdient Ruhe. Für uns ist es ein Vorteil, dass wir jung sind, da können wir uns noch gut anpassen. Wenn wir dann alt und elend sind, fühlen wir uns hier schon wie zu Hause.« »Aber man wird dich garantiert mit scheelen Augen ansehen, Mutter, als Eindringling. Du wirst überall Feinde haben.« Hope war als Kind viele Jahre lang in Sommerferienlager geschickt worden; sie wusste das eine oder andere über das Leben in Gruppen.

Faith gegenübersitzend, wickelte ihre Mutter immer mehr türkisfarbene Wolle auf die dicken türkisfarbenen Knäuel. Faith wiegte sich mit wolleumwundenen ausgestreckten Armen vor und zurück. Sie war in ihren zutiefst töchterlichen Gefühlen verletzt, dass in dieser sonst so scharfsichtigen Gemeinschaft Mrs. Hegel-Shtein umworben und bewundert, dass ihr nach dem Munde geredet wurde …

»Und, Mama, was hörst du von den Nachbarn?«, fragte Faith. Sie dachte, sie könnten zusammen ein paar heitere Momente verbringen, bevor der lauernde Schatten Ricardos ihr die Stimmung verdarb.

»Ach, nichts Besonderes«, sagte Mrs. Darwin.

»Nichts Besonderes?«, sagte Mrs. Hegel-Shtein. »Hör ich richtig, du sagst ›nichts Besonderes‹? Du hast doch heute einen Brief von Slovinskys gekriegt, da warst du völlig durch den Wind, Celia, und das willst du vor der kleinen unschuldigen Faith verbergen? Ach, kleine Faith. Ts, ts, ts. Sag es nicht den Kindern? Was?«

»Gittel, lass doch bitte. Ich habe Gründe. Lass doch bitte, misch dich nicht ein. Also wirklich, Gittel, dräng nicht, ich will zu diesem Thema eigentlich nichts Besonderes sagen.«

»Ihr seid so dämlich!«, brummte Mrs. Hegel-Shtein leise.

»Hast du wirklich von den Slovinskys gehört, Mama, echt? Ich will immer alles über Tessie erfahren. Du weißt doch sicher noch, wie gut Tess und ich uns verstanden haben, als wir klein waren. Ich mochte sie. Es stand nie was zwischen uns.« Aus irgendeinem Grund sagte Faith zu Mrs. Hegel-Shtein: »Sie war ein wunderschönes Mädchen.«

»Ach ja, schön. Jung und schön. Uralte Geschichte. Natürlich. Celia, du wickelst ja gar nicht weiter. Was soll das? Das Treffen ist heute Abend. Erzähl Faithy alles von der Slovinsky, ihrer guten Freundin. Faithy ist vom Leben schon zu sehr mit Samthandschuhen angefasst worden.«

»Gittel, ich hab gesagt, du sollst den Mund halten«, sagte Mrs. Darwin. »Halt den Mund!«

(Dann kam allen, die davon wussten, eine kurze teure Erinnerung. Eines Samstagnachmittags war ein Polizist hinter Mr. Darwin auf dem Bürgersteig hergestapft und hatte ihn verhaftet. Mr. Darwin hatte Flugblätter für die Sholem Alejchem-Schule verteilt und sich ziemlich mit seinem Großcousin gestritten, der zu Vergangenheit und Zukunft eine andere Meinung vertrat. Das Flugblatt verkündete auf Jiddisch: »Eltern! Die Stimme eines kleinen Kindes ruft zu Euch: ›Papa, Mama, was bedeutet es, in der heutigen Welt Jude zu sein?‹« Mrs. Darwin beobachtete ihren Mann und den Polizisten von der Bank auf dem Bürgersteig aus, wo sie mit einer Einkaufstasche voller Flugblätter saß und sich ein bisschen sonnte. Der Polizist brüllte Mr. und Mrs. Darwin und den alten Cousin wütend an, denn es war gesetzwidrig, dass sie sich dort aufhielten. Dann sagte Faiths Mutter im Mayflower-Ton eines verschwindenden Lebensstils zu ihm: »Halt den Mund, du Kosak!« »Für einen Juden ist ›halt den Mund‹ ein schrecklicher Ausdruck«, hatte Mr. Darwin dem Polizisten erklärt, »ein schmutziges Wort, wie eine Sünde, denn am Anfang war, wenn ich mich richtig erinnere, das Wort! Es ist eine schwere Beleidigung. Alles klar?«)

»Celia, wenn du die Geschichte jetzt nicht erzählst, fahre ich sofort hier raus und komme so bald nicht wieder. Das Leben ist das Leben. Heute tragen alle Samthandschuhe.«

»Mama, ich will sowieso alles hören, was du über Tess weißt. Bitte, erzähl es mir«, sagte Faith. »Wenn du es mir nicht erzählst, rufe ich Hope an. Ich wette, ihr hast du es erzählt.«

»Ihr seid alle so stur«, sagte Mrs. Darwin. »Dann gut. Tess Slovinsky. Von der ersten Tragödie weißt du, Faith? Die erste Tragödie war, dass sie ein Kind bekam, das als Monster geboren wurde. Ein echtes Monster. Niemand hat es gesehen. Sie haben es in ein Heim gegeben. Gut. Dann das zweite Kind. Sie machten sofort weiter, versuchten es und bekamen ein zweites Kind. Das hatte von Geburt an lauter Allergien. Es bekam Ausschlag von Orangensaft. Milch verursachte ihm Würgereiz. Wenn sie aufs Land fuhren, schwollen ihm die Augen zu. Gut. Dann kriegte ihr Mann, Arnold Lever, ein sehr angenehmer Junge, Krebs. Sie schnitten ihm einen Finger ab. Es wurde schlimmer. Sie schnitten ihm eine Hand ab. Das half auch nichts. Faithy, das war das Ende dieses wunderbaren jungen Mannes. Und das steht in dem Brief, den ich heute morgen, kurz, bevor du gekommen bist, gekriegt habe.«

Mrs. Darwin hielt inne. Dann schaute sie Mrs. Hegel-Shtein und Faith an. »Er war der einzige Sohn«, sagte sie. Mrs. Hegel-Shtein schnappte nach Luft. »Der einzige Sohn, sagst du!« Durch tiefe Furchen kullerten ihr die Tränen über die alten Wangen, doch weil sie siebenundsiebzig Jahre lang so merkwürdig gelächelt hatte, bogen die Tränen plötzlich scharf in Richtung ihrer Ohren ab und hingen wie Glastropfen von den Ohrläppchen.

Faith sah zu, wie sie weinte, es war ihr einerlei. Dann kam ihr ein schrecklicher Gedanke. Sie dachte, dass

Ricardo bestimmt zu Hause geblieben wäre, wenn er ein Bein oder so was verloren hätte. Das munterte sie ein bisschen auf, aber nicht lang.

»Ach, Mama, Mama, Tessie hätte nie gedacht, dass ihr das mal passieren würde. Wir haben immer Vater, Mutter, Kind gespielt, und sie hat nichts geahnt.«

»Wer ahnt schon was?«, rief Mrs. Hegel-Shtein. »Archie, der legt sich gerade in diesem Moment in Florida hin und lässt sich von der Sonne bescheinen. Ahnt er was?«

Mrs. Hegel-Shtein brachte Faiths Herz zum Flattern. Rüttelte an Faiths Rippen. Ließ ihren Kummer neben den großen Giften der Welt harmlos aussehen.

Nichtsdestoweniger war Mrs. Hegel-Shtein die Erste, die sich mit den Tatsachen abfand. Als ihre Augen wieder trocken waren, sagte sie: »Was ist mit Brauns? Der alte Braun, der Onkel, ein Narr, durch und durch ein Irgun-Mann, ist hier.«

»June Braun?«, fragte Faith. »Meine Freundin June Braun? Aus der Brighton Beach Avenue? Die?«

»Natürlich, nur ist das nicht so schlimm«, sagte Mrs. Darwin und erwärmte sich für das Thema. »Junies Mann ist Ingenieur für Flugzeuge. Ein humorloser Junge. Papa mag ihn bis heute nicht. Er war in der Protestbewegung. Sie haben in Huntington Harbor ein Haus gekauft mit Boot, Garage und Garage für das Boot. Sie sah umwerfend aus. Sie hatte drei fantastische Jungs. Der Mann spielte Golf mit dem stellvertretenden

Direktor, einem Goj. Die Zukunft war golden. Sie war überall Mitglied. Eines Morgens wachten sie auf. Tiefe Nacht. Jemand deckt hier was auf, da was, lauter Kleinigkeiten. (Dass er in der Protestbewegung war, habe ich gesagt?) Binnen achtundvierzig Stunden steht er auf der schwarzen Liste. Gute Nacht, Huntington Harbor. Heute wohnen sie alle zusammen bei den Brauns in vier Zimmern. Mir tut's für die alten Leute leid.«

»Das ist ja schrecklich, Mama«, sagte Faith. »Es wird ja immer schlimmer im Land.«

»Trotzdem, Faith, die Zeiten ändern sich auch wieder. Es ist ein ungewöhnliches Land. Da kannst du fünfmal um die Welt reisen, ein Land wie dieses findest du so schnell nicht. Es hat seine Vor- und Nachteile, aber es ist etwas Besonderes.«

»Und, was sonst noch, Mama?«, fragte Faith. June Braun bekümmerte sie überhaupt nicht. Was wusste June Braun von Leid? Wenn man bis über den Kopf ins dunkle Meer geht, muss man damit rechnen, zu ertrinken, ohne zu murren. Faith glaubte, dass June Braun und ihr Mann, wie auch immer er heißen mochte, sich zu tief in das Luftloch Amerika begeben hatten, wo die Almosen fließen, und sie nahm ihren Erstickungstod gleichmütig hin.

»Was noch, Mama? Ah, ich weiß, was ist mit Anita Franklin? Was ist mit ihr? Meine Güte, was war sie klug in der Schule! Die ganze Abschlussklasse schwärmte für sie. Riesenbusen. Erinnerst du dich an sie? Sie kriegte ihre Periode mit neundreiviertel oder so was in dem Dreh. Du kanntest ihre Mutter gut. Ihr habt immer zusammengeklüngelt, du und Mrs. Franklin. Ja, ja, Mama!«

»Bist du sicher, dass du es wissen willst, Faithy, und bist du nachher dann auch nicht komisch?« Mrs. Darwin hatte inzwischen am Geschichtenerzählen Gefallen gefunden, obgleich sie nicht darauf erpicht war, *diese* zum Besten zu geben. Immerhin, sie hatte Faith gewarnt. »Na gut dann, Anita Franklin. Anita Franklin hat es auch nicht geahnt. Du weißt doch noch, dass sie lange vor dir und Ricardo geheiratet hat, diesen hübschen Jungen von der Harvard. Ach, Gittel, du kannst dir ja vorstellen, was für Hoffnungen ihre Mutter und ihr Vater für ihr zukünftiges Glück hatten. Mit diesem Arthur Mazzano, du weißt schon, einem sephardischen Juden. Sie wohnten in Boston und kannten schrecklich kluge Menschen. Professoren, Ärzte, lauter feine Leute. Geschichtsbuchschreiber, die amerikanische Intelligenz. Ach, Faithy, Liebes. Ich war mehrmals bei ihnen eingeladen, Weihnachten, Ostern. Ich habe ihre Kinder kennengelernt, als sie noch klein waren. Blondschöpfe, wie du früher, Faith. Weißt du, er hat bestimmt zwei Doktortitel in verschiedenen Fächern. Wenn jemand was wissen wollte, einerlei, zu welchem Thema, fragte er Arthur. Ihr Kind konnte mit acht Monaten laufen. Das habe ich selbst gesehen. Er hat Artikel für jüdische Zeitschriften geschrieben, von denen du noch nie gehört hast, Gittel. Eines Tages jedoch findet Anita heraus –

aus zuverlässiger Quelle –, dass er mit Erstsemestern rummacht. Teenagern. Im Handumdrehen steht es in den Zeitungen, kommt vor Gericht, und alle reden, reden, reden, und manche sagen ja, manche nein, er hat nur geflirtet, man weiß doch, wie Männer mit jungen Dingern flirten. Aber dann stellt sich heraus, dass eins von den dummen Mädchen schwanger ist.«

»Spanier«, sagte Mrs. Hegel-Shtein nachdenklich. »Die Männer mögen ihre Frauen nicht so besonders. Sie heiraten nur, wenn sie was davon haben.«

Faith senkte den Kopf, es tat ihr leid um Anita Franklin, deren Blut aus ihr hervorbrach, als sie neundreiviertel war, was die eifrigen Köpfe aller Mädchen in der fünften und sechsten Klasse mit Leben und Hoffnung erfüllte. Anita Franklin, dachte Faith, meinst du, du schaffst es ganz allein? Wie schläfst du nachts, Anita Franklin, das sexyste Mädchen in der New Utrecht High? Wie geht es dir heute, wo du nicht mehr von dem klugen Arthur Mazzano flachgelegt wirst, dem brillanten sephardischen Gelehrten und Dozenten? Jetzt ist es die Zeit, die sich auf dich legt, nicht der Mund des hübschen blonden Arthur oder seine intelligenten, pfadfinderisch brennenden Finger.

Genau in diesem Moment senkte sich der lauernde Schatten Ricardos über Faith, und es offenbarte sich aller Welt, wie nah sie am Wasser gebaut hatte. In dem Moment hätte man auf den Terrassen ihres Fleischs Reis pflanzen können, der in den Fluten, die sie von dem

Moment an den ganzen Nachmittag lang überschwemmten, zu Stärke und Schönheit gesprossen wäre. Faith senkte den Kopf und weinte, um sich und Anita Franklin.

»Gehst du schon, Faithy?«, fragte ihr Vater. Er streckte sein niedliches Vogelköpfchen mit den hervortretenden blassen Augen in den sonnengesprenkelten Raum. Er sieht nicht besonders gut aus. Eigentlich ist er hässlich. Faith hat oft dem Gott der Keimzellen, der Göttin der Gene und den Herrschern über alle Nukleinsäuren gedankt, dass keiner von ihnen aussieht wie er, nicht mal Charles, dem das einerlei wäre, denn er ist groß genug für jede Art Gesicht. Sie sehen alle ein bisschen germanisch aus wie ihre Großmutter, die sich für deutsch hielt, sind aber eher leicht gebaut und haben ebenmäßige Züge; lediglich Charles neigt zu einem markanten Kinn. Wegen dieses Kinns erwarten die Leute Entschlossenheit von ihm, und er hat gelernt, sie ihnen zu liefern – die messerscharfe Diagnose, die konsequente Behandlung, gefolgt von sofortiger Heilung. Ja, selbst seine bedeutenden Kollegen schicken ihre Frauen mit Unterleibsproblemen zu ihm. Bevor er stirbt, wird er noch berühmt. Mr. Darwin hofft, dass er bald berühmt wird, weil sie in der Familie nicht alt werden.

Also, dieser glubschäugige, blassschnäbelige Vater von Faith schaute durchs Zimmer in den blendenden Überfall der Nachmittagssonne, konnte die Tränen nicht sehen, auch die Lippen nicht, auf die sich Faith biss – doch er sah, dass Faith aufstand und in der Garderobe nach ihrer Jacke suchte.

»Wenn du wirklich gehen musst, bringe ich dich, Faithy. Herzele, ich habe dich so lange nicht gesehen«, sagte er. Er zog sich zurück, um im Flur zu warten, weit außerhalb des Wirkungskreises von Mrs. Hegel-Shteins magischer Anziehungskraft.

Faith gab ihrer Mutter einen Kuss, die ihr »Wehr dich! Sei kein Fußabtreter. Du musst zwei Kinder großziehen« ins feuchte Ohr flüsterte. Dann gab Faith Mrs. Hegel-Shtein einen Kuss, denn sie waren so erzogen, dass sie niemanden kränkten, besonders nicht, wenn sie ihn nicht mochten und er viel älter war.

Faith und ihr Vater gingen schweigend durch die hellgrünen Flure in die lebensspendende Eingangshalle, wo in einem fort rosige, gut gekleidete Familien ankamen und sich zwanzig Minuten lang neben ihre verbrauchten alten Herrschaften setzten. Unweit des Informationstresens stritt man sich erbittert über die Juden in Russland. Faith achtete nicht darauf, sondern ging tief durchatmend direkt zur Tür. Sie versuchte, ihren Vater hinter sich zu halten, bis sie ein Gesicht aufsetzen konnte, das ihren Verpflichtungen entsprach. »Nicht so schnell, Liebes«, sagte er. »Nicht so schnell. Ich bin nicht wie die alten Zausel hier, aber ein junger Hüpfer bin ich auch nicht mehr.«

Galant nahm er sie am Arm. »Wie geht's, wie steht's?«,

sagte er. »Na ja, nichts Neues ist wenigstens nichts Schlimmes, hoffe ich.«

»Bis bald, Chuck!«, rief er, als sie durch das Eisentor gingen, über das ein Schweißer in ausladendem kursivem Stahl *Children of Judea* geschrieben hatte. »Tschacka, tschacka«, kicherte Faiths Vater und packte sie fester am Ellenbogen, »was für ein alberner Name für einen erwachsenen Mann!«

Sie drehte sich um und schenkte ihm ein tapferes Lächeln. Eigentlich hätte er ein strahlendes Lächeln verdient, aber im Moment hatte sie nur ein tapferes zur Verfügung.

»Hör zu, Faithl, ich habe ein Gedicht geschrieben, das ich dir vortragen möchte. Hör zu. Ich habe es in Jiddisch geschrieben. Ich übersetze es im Kopf:

Die Kindheit vergeht
Die Jugend vergeht
Auch die Blüte des Lebens vergeht
Das Alter vergeht.
Warum glaubt ihr, meine Töchter,
Dass das Alter anders ist?

Was sagst du dazu, Faithy? Du kennst doch jede Menge Künstler und Schriftsteller?«

»Was ich sage? Papa.« Sie blieb abrupt stehen. »Das hast du wunderbar gemacht. Das ist wie ein japanischer Psalm Davids.«

»Findest du es gut?«

»Ich finde es sehr gut, Pa. Es ist wunderbar.«

»Hm ... Weißt du, wenn es dir wirklich gefällt, häng ich vielleicht das ganze politische Zeugs an den Nagel. Im Moment weiß ich nicht recht weiter. Ich bin in einer Phase des Übergangs. Lach mich nicht aus, Faithy. Solche Phasen musst du eines Tages auch überleben. Lern vom Leben. Von meinem. Ich wollte das Hilfspersonal organisieren. Du weißt schon, die Wachen, die Liftboys – fast alles Farbige. Man merkt, sie sind gesellschaftlich auf dem Aufstieg. Obwohl ich es gehofft habe, habe ich es während meiner Lebenszeit nicht mehr erwartet. Wahrscheinlich liegt das am Krieg. Faith, was meinst du? Der Krieg hat die Juden zu Amerikanern gemacht und die Neger zu Juden. Haha. Wie findest du das als Artikel? ›Der Neger: endlich angekommen.‹«

»So was hat schon mal jemand geschrieben.«

»Ach, tatsächlich? Es liegt in der Luft. Ich sag dir, ich habe jede Menge Ideen. Aber keine Menschenseele, mit der ich reden kann. Ich bin an deine Mutter gewöhnt, aber mit ihr ist was Komisches passiert, Faithy. Wir waren so vertraut. Wir verstehen uns immer noch, nicht, dass du was in den falschen Hals kriegst, aber ich meine was Komisches: Seit Neuestem ist sie gern mit Frauen zusammen. Am liebsten mit dieser geisteskranken, verfolgungswahnsinnigen, größenwahnsinnigen, paranoiden Mrs. Hegel-Shtein. Ich kann sie nicht ertragen. Sie ist keine Frau, mit der es Männer aushalten können, obwohl sie verheiratet ist. Deine Mutter sagt: Sei höflich, Sid. Ich bin höflich. Ich habe Frauen immer zu sehr gemocht, Faithy, aber Mrs. Hegel-Shtein klopft morgens um neun an unsere Tür, und bis Mittag bin ich verwaist. Sie hat Hexenkräfte. Den ganzen Nachmittag ölt sie ihren Rollstuhl, damit sie herumspionieren kann. Hast du schon mal von einem Rollstuhl gehört, den man nicht kommen hört? Glaub mir, mein Kind, was deine Mutter in ihr sieht, ist mir ein Rätsel. Wie soll ich es ausdrücken? Diese Frau hat einen ganzen Sack voller Patentantworten für die Welt. Und ein bitteres verkrüppeltes Leben.«

Sie waren am U-Bahn-Eingang angekommen. »Also, Pa, ich glaube, ich muss jetzt gehen. Ich habe die Kinder bei einer Freundin gelassen.«

Er schwieg. Dann lachte er. »Ja, ja, ein geschwätziger alter Mann …«

»Nein, Pa, überhaupt nicht. Nein. Ich rede gern mit dir, aber ich habe die Kinder bei einer Freundin gelassen, Pa.«

»Ich weiß, wie es ist, wenn sie klein sind, man ist angebunden, Faith. Wir konnten jahrelang nirgendwo hingehen. Ich bin nur zu Versammlungen gegangen, mehr nicht. Ohne eure Mutter wollte ich nur zu meinem eigenen Vergnügen nicht mal ins Kino. Damals hatte man keine Babysitter. Eine wunderbare Erfindung, Babysitter. Mit der Erfindung können zwei Leute für immer ein Liebespaar bleiben. – Oh!«, stieß er aus.

»Mein liebes Mädchen, entschuldige ...« Faith war überrascht, dass er das ausrief, denn die Tränen waren ihr in die Augen gestiegen, bevor sie den Schmerz fühlte.

»Ah, jetzt versteh ich, da liegt der Hase im Pfeffer. Ich weiß ja, dass du Probleme hast. Du hast dir eine harte Welt ausgesucht, um eine Familie zu gründen.«

»Ich muss gehen, Pa.«

»Klar.«

Sie gab ihm einen Kuss und ging die Treppe hinunter.

»Faith«, rief er, »kannst du bald mal wiederkommen?«

»Ach, Pa«, sagte sie und schaute von vier Stufen weiter unten zu ihm hoch, »ich kann erst dann kommen, wenn ich wieder ein bisschen glücklich bin.«

»Glücklich!« Er beugte sich über das Geländer und versuchte, ihren Blick festzuhalten. Was schwer ist, denn Augen sind von Natur aus Drückeberger und kennen Auswege aus einer misslichen Lage in alle Richtungen. »Sei nicht egoistisch, Faithy, bring die Jungs mit, komm.«

»Sie sind so laut, Pa.«

»Bring die Jungs mit, Süße. Ich mag ihre kleinen Goj-Gesichter.«

»Okay, okay«, sagte sie und wollte nur schnell weg. »Ich mach's, Pa, versprochen.«

Mr. Darwin langte durch das Geländer nach ihren Fingern. Er hielt sie fest und führte sie an ihre nassen

Wangen. Dann sagte er: »Aaaah …«, eine plötzliche Übelkeit, spontaner Brechreiz. Und bevor sie sich von seinem alten gekränkten Gesicht abwenden und die U-Bahn-Treppen nach Hause laufen konnte, hatte er ihre schweißnasse Hand schon aus seiner fallen lassen und sich von ihr abgewandt.

Die alte Leier

Also, die Familie kennt fast jeder. Die Kinder heißen Bobo, Bibi, Doody, Dodo, Neddy, Yoyo, Butch, Put Put und Beep.

Manche sind Mädchen, manche Jungen.

Die Mädchen sind lausige Babysitter für die Mütter. Die Jungen wollen zur Armee.

Die beiden ältesten lausigen Babysitter treiben sich viel auf Partys rum. Da gehen sie den Leuten manchmal total auf den Wecker. Echt. Sie finden es toll.

Sie sind so was von beschränkt. Völlig ahnungslos, wollen aber immer recht haben. Was andere meinen, darauf hören sie nie.

Der Reihe nach haben Dodo, Neddy, Yoyo und Put Put den Schwestern in der Schule den letzten Nerv geraubt. Die Schwestern mussten kapitulieren, und sie landeten da, wo sie hingehörten, weil sie so frech waren: in der staatlichen Schule.

Als sie ungefähr vier waren, fing's mit Schimpfworten an, und von da an wurde es immer schlimmer.

Zuerst sagten sie Arsch, dann Nutte, dann Scheißnutte. Und als sie ein bisschen größer waren, Scheißnutte, fick dich, und so weiter, mehr mag ich nicht sagen.

Die Schwester reagierte streng, bitterböse und eiskalt. Kann man ihr nicht verübeln. Sie war ja keine Mutter, hatte keine Kinder oder sonst was in der Richtung gemacht.

Sie war streng, und das war auch richtig so. Wenn zu Hause die strenge Hand fehlt, werden Kinder ja überhaupt erst vorlaut und frech.

Die Schwester versuchte es aber auch mit Freundlichkeit. Sie redete sehr freundlich. Sie setzte sich in ihrer Freizeit vor allem mit Neddy hin, weil der so niedlich war, und half ihm im Rechnen.

Sie war wirklich nett. Sie versuchte, Yoyo Dame beizubringen. Aber er war immer mit den Gedanken woanders. Als Freundlichkeit bei keinem der Kinder was nützte, musste die Schwester jedes Mal sagen: Tut mir leid, in unserer Schule nicht mehr. Gott steh dir bei, aber du musst gehen. Du verdienst es gar nicht, auf so einer guten Schule zu sein. Hinter dir warten viele nur auf eine Chance.

Sie machte einen Hausbesuch bei der Mutter, die gerade die Wäsche wusch und schrecklich in Eile war, weil sie zur Arbeit musste. Ich weiß auch nicht, woran es liegt, Schwester, sagte die Mutter. Sie treiben sich mit den schlimmen Kindern rum, hier in unserem Viertel, Sie wissen schon, wen ich meine.

Na, na, na, sagte die Schwester, die es leid war, immer nur üblen Klatsch zu hören, na, na, na, wessen Kinder sind wir alle, gute Frau, jeder Einzelne von uns?

Die Mutter sagte nichts dazu. Sie wusste, die Schwester würde es nicht kapieren. Die Schwester wusste ja nicht, wie es war, wenn man Tür an Tür mit allen möglichen Leuten wohnte.

Ach, hören Sie, liebe Schwester, sagte die Mutter, könnten Sie mal einen Moment auf Put Put aufpassen? Bobo kommt gleich, dann kann sie übernehmen. Ich bin schon viermal zu spät gekommen. Ich muss los, bitte helfen Sie mir. Wo, zum Teufel, trödelt das Mädchen rum? Sie haben ja keine Ahnung, was heute in den High Schools los ist. Schwester, ich weiß, Sie haben Ihre Zeit auch nicht gestohlen.

Jetzt beeilen Sie sich mal lieber, sagte die Schwester. Sie hatte angefangen zu schwitzen in der Wohnung. Und es tut mir leid wegen Neddy. Und Yoyo. Wir hätten sie wirklich gern behalten.

Natürlich wurde es auf der staatlichen Schule nicht besser. Wie auch? Es wurde schlimmer, nun sagten sie, geh nach Hause und leck deinen Vater am Arsch. Ich glaube nicht, dass sie wussten, was sie da sagten.

Stehlen taten sie nie. Sie hatten nur ein ganz kleines Messer. Sie schubsten ihre Mitschüler auf der Rutsche und prügelten sich mit ihnen quer über den Pausenhof. Aber ermordet hätten sie niemanden, das glaube ich nicht.

Sie fluchten und schimpften und schlugen immer sofort zurück. Normalerweise hatte sie aber jemand zuerst geschubst oder sie beleidigt. Da hatten sie das Recht, zurückzuhauen und zu beleidigen.

Eines Tages, und mit so was war immer zu rechnen, rutschte Chuchi Gomez in einer Olivenöllache aus; einer Frau war die Flasche runtergefallen und zerbrochen. Sie hatte die Scherben aufgehoben, sich aber nicht um das Öl gekümmert. Ich wüsste auch nicht, was ich mit dem Öl gemacht hätte.

Chuchi drehte sich zu Yoyo um, der hinter ihm war. Warum hast du mich geschubst, du Arschloch?, sagte er.

Wer hat dich geschubst, Blödmann?, sagte Yoyo.

Du dämliches Arschloch, du hast mich geschubst. Hier an der Schulter. Das hab ich genau gespürt.

Ach, verpiss dich, ich hab dich nicht geschubst, sagte Yoyo.

Ich hab gesehen, dass du mich geschubst hast. Und gespürt sowieso. Für wen hältst du dich eigentlich, dass du meinst, du könntest die Leute rumschubsen? Arschloch.

Für wen hältst du dich, dass du Arschloch zu mir sagst, Großmaul. Sagst du Arschloch zu mir?

Klar, sagte Chuchi, so wie ich das sehe, bist du ein Arschloch, fick doch deine Mutter.

Du sagst, fick deine Mutter?

Und ob ich das sage. Hier, siehst du das Öl? Ja, das sag ich zu dir.

Da rastete Yoyo aus. Er und Chuchi wollten nämlich am Sonntag zum Hafen gehen, Aale angeln. Mit den Plänen war's jetzt aus. Ein für allemal.

Also brüllte er: Den Namen meiner Mutter nimmst du besser nicht in den Mund, verstanden, Chuchi Gomez, du alter Stinker? Deine ganze Familie – ihr seid alle Scheißarschlöcher, dein Vater, deine Mutter und Eddie und Ramon und Lilli, einer wie der andere, die ganze Bande und deine Oma auch.

Dann nahm er ein Brett mit zwei Nägeln und zog es Chuchi über die Schulter.

So sehr blutet es an der Stelle ja nicht, aber klar, das Öl und das Blut und so – fehlte nur noch ein Schuss Essig, dann wäre Chuchi mariniert gewesen.

Chuchi jaulte und schrie: Bring mich nicht um! Dann rannte er nach Hause zu seiner Oma, bei der er lebte.

Sie musste sich erst mal ins Bett legen, als sie Chuchi sah. Dann brüllte sie: Ich hab genug von diesem schlechten Land. Am liebsten wäre ich tot! Schaufelt mir schon mal mein Grab! Bitte, bitte!

Nein, nein, sagte Chuchi, mach dir nichts draus, Oma. Ich war nicht schuld. Er hat angefangen. Besser, du bringst mich jetzt ins Krankenhaus.

Seine Oma war sauer, dass sie in ihrem Alter nicht mal eine Minute liegen bleiben und ein bisschen brüllen konnte. Aber sie musste Chuchi ins Krankenhaus bringen. Dort gaben sie ihm ein paar Spritzen gegen Nagelvergiftung.

Jetzt sehen Sie, warum Yoyo schnell einen Ruf als Messerstecher hatte. Vom Greenwich House bis zur

Hudson Guild kennt man seinen Namen. Er ist ein hoffnungsloser Draufgänger.

In der Schule beten sie jeden Tag für ihn, alle Schüler, Mädchen wie Jungen.

Leben

Zwei Wochen vor Weihnachten rief Ellen mich an und sagte: »Faith, ich sterbe.« In dieser Woche starb ich auch.

Nach unserem Gespräch ging es mir schlechter. Ich ließ die Kinder allein und rannte runter, um an der Ecke rasch einen Schluck unter Lebenden zu trinken. Aber das Julie's und all die anderen Kneipen waren voller Männer und Frauen, die einen heißen Whiskey kippten, und dann ging's ab ins Bett.

Vor den wesentlichen Dingen des Lebens brauchen die Menschen Stärkung.

Ich trank zu Hause ein bisschen California Mountain Red und dachte – warum nicht –, wo immer man hinguckt, schreit jemand: Gebt mir Freiheit, oder ich gebe euch den Tod. Vollkommen vernünftige, besitzfixierte, kirchenfürchtige Nachbarn halten sich beim Klang der Sirene sofort die Ohren zu, damit sich in ihren inneren Organen kein Fallout festsetzt. Um zu lieben, muss man beduselt, und um den Blick aus dem Fenster auf die eigene eiskalte Straße ertragen zu können, muss man blind sein.

Ich starb wirklich. Ich blutete. Der Arzt sagte: »Sie können nicht ewig bluten. Entweder geht Ihnen das

Blut aus, oder Sie hören auf damit. Keiner kann ewig bluten.«

Es hatte aber ganz den Anschein, als ob ich sehr wohl ewig bluten würde. Als Ellen anrief, um zu sagen, dass sie starb, erwiderte ich ohne Umschweife: »Bitte, nein, Ellen! Ich sterbe auch.«

Dann sagte sie: »Oje, Faithy, das wusste ich nicht.« Sie sagte: »Faith, was sollen wir tun? Wegen der Kinder. Wer kümmert sich um sie? Ich habe zu viel Angst, um darüber nachzudenken.«

Ich hatte auch Angst, aber ich wollte nur, dass die Kinder nicht ins Badezimmer kamen. Um sie machte ich mir keine Sorgen. Ich machte mir Sorgen um mich. Sie waren laut. Sie kamen zu früh aus der Schule. Sie lärmten.

»Vielleicht habe ich noch ein paar Monate«, sagte Ellen. »Der Arzt hat gesagt, er hätte noch nie jemanden mit so wenig Lebenswillen gesehen. Er meint, ich will nicht leben. Aber Faithy, das will ich doch, ganz bestimmt. Ich habe einfach nur Angst.«

Ich konnte meine Gedanken kaum von dem Blut abwenden. Die Eile, mit der es mich verließ, zog das Rot aus der Unterseite meiner Lider und den Sonnenbrand aus meinen Wangen. Es stieg sogar aus meinen kalten Zehen auf, um den schnellsten Weg nach draußen zu suchen.

»So toll ist das Leben nicht, Ellen«, sagte ich. »Wir haben nichts als miese Zeiten und miese Typen gehabt und kein Geld; ständig pleite und Kakerlaken und am

Sonntag nichts Besseres zu tun, als mit den Kindern in den Central Park zu gehen und auf dem bescheuerten See zu rudern. Was ist daran so toll, Ellen? Was verlieren wir schon groß? Noch ein paar Jahre mehr leben. Sehen, wie die Kinder und der ganze Müll, jedes Mistkaff auf dieser Welt in der großen Explosion, in Hitze- und Feuerwellen hochgehen …«

»Ich will das alles sehen«, sagte Ellen.

Ich spürte, wie sich ein großer Klumpen löste, und mir wurde schwummerig.

»Ich kann nicht weiter reden«, sagte ich. »Ich glaube, ich werde ohnmächtig.«

In der Stechpalmensaison wurde ich allmählich wieder trocken. Meine Schwester nahm die Kinder für eine Weile zu sich, damit ich zu Hause bleiben und in Ruhe und ohne ständig unterbrochen zu werden Hämoglobin, rote Blutkörperchen etc. produzieren konnte. Zu Neujahr war ich in erstklassiger Verfassung und wäre beinah wieder schwanger geworden. Meine kleinen Jungs kamen nach Hause. Sie waren groß und hübsch geworden.

Drei Wochen nach Weihnachten starb Ellen. Bei ihrer Trauerfeier in der sehr schmucken Kirche in der Bowery hörte ihr Sohn einen Moment lang auf zu weinen und sagte zu mir: »Mach dir keine Sorgen, Faith, meine Mutter hat für alles gesorgt. Sie hat von ihrem Job aus für mich gesorgt. Der Mann ist gekommen und hat es mir gesagt.«

»Ach so. Soll ich dich trotzdem adoptieren?«, fragte ich und überlegte, wo das zusätzliche Geld, das Zimmer, noch zehn Minuten Gute-Nacht-Sagen, wo das alles herkommen sollte, wenn er ja sagte. Er war ein wenig älter als meine Jungs. Er würde bald ein gutes Lexikon und einen Chemiekasten brauchen. »Hör zu, Billy, sag mir die Wahrheit. Soll ich dich adoptieren?«

Er hörte ganz auf zu weinen. »Nein, nein, danke schön. Wirklich nicht. Ich habe einen Onkel in Springfield. Zu dem gehe ich. Da wird's mir schon gut gehen. Es ist auf dem Land. Ich habe dort Cousins und Cousinen.«

»Gut«, sagte ich erleichtert. »Ich habe dich sehr gern, Billy. Du bist ein ganz toller Junge. Ellen ist bestimmt sehr stolz auf dich.«

Er ging weg und sagte: »Sie ist gar nichts mehr auf gar nichts, Faith.« Dann ging er nach Springfield. Ich glaube nicht, dass ich ihn wiedersehen werde.

Aber wie oft würde ich gern mit Ellen reden, mit der ich schließlich in unseren wilden heimlichen Jahren eine Million Sachen gemacht habe. Wir haben die Kinder auf jeden verdammten Felsen im Central Park gescheucht. Am Ostersonntag haben wir weiße Tauben auf blaue Plakate geklebt und auf der Eighth Street für Frieden gebetet. Dann waren wir müde und haben die Kinder angeschrien. Die Jungen waren noch ganz klein. Aus Jux tackerten wir uns ihre Schneeanzüge an die Röcke und marschierten voller Wut über die Sklaverei wochenlang jeden Sonntag über die Brücken, die Manhattan mit der Welt verbinden. Wir haben zusammen gewohnt, gearbeitet und total arrogante Kerle gehabt. Und dann, zwei Wochen vor letztem Weihnachten, starben wir.

Come On, Ye Sons of Art

Wie Zandakis schon immer überlegen lächelt, sagt Jerry Cook, der in New Jersey das größte Erzbistum fest in der Hand hat: demutsvolle Heilige, alle möglichen Reliquien, Bilder von Mönchen, gesegnet von einfältigen Müttern Gottes, flennende Madonnen.

Überall in Amerika, sagt er, während er Kitty eine Morgenstunde schenkt, blickt der gemeine Mann aus New Jersey oder der aus Long Island, zu Gott, und von Ihm, sagt Jerry Cook, träume ich.

Übrigens, fährt er fort und dreht sich mit dem Gesicht zu ihr um: In Gelddingen verehre ich die alten Meister. Süße, gib's zu, die alten Meister sind Alchemisten. Sie mischen und mehren. Verwässern und wiegen. Sind Künstler. Sie halten sich bedeckt. Während sie lächelnd in der heißen Badewanne liegen, entwickelt sich die ganze verdammte Lederwarenindustrie an der Ostküste aus dem Schmodder in ihren Zähnen. Sie machen alles platt. In jeder normalen Rezession drücken zwei jüdische Experten mit Leichtigkeit fünfundzwanzig jämmerliche Syrer an die Wand. Aber ein alter Grieche kann selbst im Halbschlaf fünfzig Juden dazu bringen, seine marmorierten Lederschultertaschen zu tragen. Und schon wandern einhunderttausend Plastikaktentaschen auf die Grabbeltische bei Woolworth in New York. Jetzt red mir bloß nicht von den Japanern.

Warum nicht?, fragte Kitty.

Nein, nie, sagte Jerry Cook, egal, bei wem, ich rede nie von den Japanern.

Cook arbeitete für Gladstein. Die Sechsundvierzigste, die Erste, die Zweiundzwanzigste rauf und runter gab's Bestellungen über rund 285 000 Dollar, für lauter profane Güter. Sieht man in Orange County eine billige Brieftasche, dann hat Jerry Cook sie dahin gebracht.

Aber was ist Gladstein im Vergleich zu Zandakis? Zandakis, ich schwöre es, den hat der kleine Finger des Heiligen Geistes und die Hand der östlichen Orthodoxie berührt. Gladstein kann man von hier aus sehen, wie er hinter diesem schmierigen Genie herhechelt und tausend Quadratmeter große Baugrundstücke in Flushing zu unterirdischen Preisen an die Neffen seiner Frau verscherbelt. Der Schwachkopf Gladstein hat nicht mal Angst vor Taiwan. Er segelt auf hoher See, meint aber, es ist der Teich im Central Park. Einmal im Monat veranstaltet er einen Ball, um mit all dem zu protzen, oben an Deck, das heißt, dem Penthaus im neunzehnten Stock über dem Broadway und der Seventh Avenue, dem schwarzen Überschwemmungsgebiet. Im Krieg hat er Knöpfe für Alte-Jungfern-Pullover in goldene Hauptmannsknöpfe verwandelt, doch nachdem die Sicherheitsorgane wie ein Dumdumgeschoss bei ihm explodierten – bis zu den Fingerspitzen –, lädt er jetzt zu seinen Partys auch die Damen von der Telefonzentrale ein, die Lochkartenbearbeiterinnen, die Diktafonfräuleins, die verknöcherten Buchhalter, ja sogar Jerry Cook, ganz demokratisch.

Nur Karl Marx, der Klugscheißer, weiß, warum Zandakis Gladstein ausgerechnet dann aus der Konkurrenz warf und in Kurzwaren drängte, als dessen angeheiratete Verwandte besonders anhänglich waren. Auf einen Schlag wurden 325 000 kleine Echtleder-Damenportemonnaies mit Reißverschluss der Konsumentin aus Jersey, der darbenden Frau Einsam, zum Fraß vorgeworfen.

Neid auf Zandakis und Mitleid mit Gladstein verbitterten Jerry Cook.

Geschäft!, sagte er. Du meinst, ich wär im Geschäft. Du meinst, Gladstein wär groß im Geschäft – mit seinen Glas-Isolatoren aus der Fulton Street und den florentinischen Lesezeichen. Du meinst, Tabakbeutel wären ein Geschäft! Er kaute an seinen Nägeln. Von wegen! Aber Diamanten! Kitty, sprich's aus, sag Diamanten, bat er sie.

Bitte sehr, Diamanten, sagte sie.

Ha, schon besser. Damit macht man Geschäfte. Das nenne ich Geschäft. Ich sollte gleich mit Diamanten einsteigen. Kitty, ehrlich, schmier den alten Schachteln genug Honig ums Maul, und sie kaufen alles. Das höre ich überall.

Steig nicht mit Diamanten ein, sagte Kitty.

Ja, ja, sagte er und gab dem Kissen einen Genickschlag. Ich kenne dich, Kitty. Du bist auch so eine. Du meinst auch, die Erde ist rund. Meine Schwester, die ist anders, sagte er. Anna Marie nicht. Die kennt alle Winkelzüge. Anna Marie, die hat gelebt. Mit was ist sie aufgewachsen, was hat mein Vater ihr mitgegeben? Für den Anfang eine kleine Fabrik, Stickereien, Tand, aber sie ist gewieft, sie blickt durch und betrügt. Meine beiden Brüder sind Betrüger. Betrüger, Betrüger. Ihre Frauen betrügen. Der einzige, der nicht betrügt, der anständig und naiv ist wie du, Kitty – Kitty, Kitty, sagte er und zog sie zu einem ausgiebigen Kuss an sich –, ist ihr Mann, Anna Maries Mann. Er war immer naiv und anständig, aber jetzt haben sie ihn tief mit reinverwickelt, und du könntest ihn nicht wieder aufwickeln, selbst, wenn du im August damit angefangen hättest.

Kitty, du mit deiner Persönlichkeit, du solltest dich geschäftlich betätigen. Nur ein Jahr lang, kaufen und verkaufen, den Trick hättst du sofort raus.

Das sind vielleicht Diebe, Schatz, meine Brüder. Hör nur, sie haben mal für eine renommierte Baufirma gearbeitet. Ganz bekannt. Planit Brothers. Millionen Dollar. Du hast keine Ahnung von der Realität. Kitty, du bist weltfremd, wenn dir nicht klar ist, was eine Million Dollar ist. (Es ist eine Eins mit sechs Nullen im Schlepptau.) Ja, die Planit Corner Cottages: jedes Cottage ein Eckgrundstück. Kurze Häuserreihen, so haben sie das gemacht. Sie haben der Regierung jeden Cent geklaut. Na und? Wozu ist die Regierung da? Für das Volk? Recht hast du, Kitty. Und die Planit Brothers sind das Volk, eine sehr große Familie.

Vier Brüder und drei Schwestern, Verhütung fassen die nicht mit der Kneifzange an. Die sind orthodox. Mit Vögeln ziehen die was auf. Bauarbeiter, Baby.

Mittlerweile redet mein Bruder Skippy von 40 000 Dollar. Also bitte! Was sind 40 000 Dollar? Frag die Bank. Geh zur Bank. 40 000 Dollar zerreißen die doch in der Luft. Springen drauf rum. Spucken drauf. Und lachen. Willst du einen einzigen Pfahl für das Fundament versenken, kostet dich das vielleicht 12 000 Dollar. Er verschwindet im Boden. In den Boden damit, und gehab dich wohl.

Aber hör zu, Kitty. Anna Marie ist gewieft, die hat Köpfchen, brüllte Jerry Cook, sprang aus dem Bett und klopfte sich mit dem ausgestreckten Zeigefinger an sein eigenes. Anna Marie, die sagt zu meinen Brüdern: Solange ihr für Planit arbeitet, nehmt was mit, Herrgottnochmal. Immer nur ein bisschen was. Seid nicht gierig. Seid nicht dumm. Die Welt ist ein Ei, ihr Dummbeutel, saugt es aus. Es ist reines Protein, da kriegt ihr keine Herzverfettung. Ihr werdet vielleicht psychosomatisch, aber fett werdet ihr nicht.

Jerry Cook seufzte. Erschöpft ließ er sich wieder aufs Bett fallen und redete an Kittys weicher Brust gedämpft weiter. Nehmt was mit, sagte Anna Marie, Waschbecken, Boiler, Öfen, Waschmaschinen, zieht sie aus dem Verkehr, nur zu. In aller Ruhe. Aber wohin damit?, fragen meine Brüder. Wohin?, fragten sie. Meine Brüder. Ich war nicht da. Ich war nicht eingeweiht. Kitty, ich weiß nicht, warum, sagte er traurig. Ich kann auch betrügen.

Na klar doch, sagte Kitty.

Ihr Jungs seid zum Kotzen, sagte Anna Marie. Als ob ich das nicht längst in die Hand genommen hätte! Hatte sie wirklich. Hatte was besorgt, wo man es horten konnte. Hatte einfach ein Lagerhaus gekauft. Bei einer Versteigerung. Wo sonst kriegt man eins?

Gleiches Gebot!, brüllt der Auktionator. Eine Viertelmillion, kreischt ein ganz Fixer. In genau dem Moment, simultan, schreit ein anderer ganz Fixer: Eine Viertelmillion. Ha! Der Auktionator knallt den Hammer runter. Peng! Patt!

Von so was hab ich noch nie gehört, sagte Kitty.

Du hast dich davor bewahrt, sagte Jerry Cook. Meine Schwester sagt zu ihm: Marv, du siehst die Hälfte der Zeit wie ein Schwein aus. Du siehst aus wie ein Penner und nicht wie ein Auktionator. Wie siehst du aus? Sag es. Wie eine Lusche, sagt er. Lacht. Genau. Lusche. Hör zu, Marv, gib mir das Lagerhaus für 70 000. Ich geb dir sieben zurück und ein Oldsmobile dazu. Wunderschönes Auto, wie ein Pferd, sagt sie. Ich weiß, deine Frau ist eine widerliche Zicke, sie lässt dich nicht ran. Ich besorg dir was. Du verdienst es nicht, wie ein dämlicher

Penner auszusehen. Sofort ist er dankbar. Hahaha. Atmet schwer. Meint, er kriegt ne schnelle Nummer. Was? Meine Schwester? Anna Marie. Die doch nicht. Nein. Das würde sie nicht tun. Niemals. Trotzdem glaubt er es.

Meine Brüder sagen: Klar, bring ihn mit. Eine hübsche Brünette, eine Blondine, ein Rotschopf, was aus Brooklyn. Alles klar? Anna Marie nicht. Die ist zu schlau. Ich bin nicht im Fleischgeschäft, Skippy, sagt sie zu meinem Bruder Skippy …

Ist sie auch nicht. Anna Marie könnte in jedem Geschäft sein, sie kann es sich aussuchen. Sie hat von meiner Mutter und meinem Vater gelernt. Die hatten Ahnung. Aber was hat sie getan, als sie dran war? Sie schaute zum Himmel hoch. Der war leer. Wo sonst hätte sie sich verewigen können? Ja, Anna Marie. Hochhäuser!, sagte sie. Sie konnte eben anpacken, was sie wollte. Sie hätte Hintern in Paris verhökert. Blonde in Schweden vertickt. Durchtrieben, sagte er, und das Herz schlug ihm wie närrisch im Hals. Er setzte sich auf. Hochhäuser!

Auf der East Side, auf der North Side. Ganz demokratisch. Sie errichtete sogar eins in Harlem. Gab ihm einen Namen. Sie mag Neger. Nicht, was du denkst, Kitty. Sie mag sie. Anna Marie, die hat Voraussicht. Die sieht, mit wem sie es in zehn, zwanzig Jahren zu tun kriegt. Für sie ist das Leben ein offenes Buch. Man muss die *New York Times* immer genau lesen. Die Leitartikel, für wen sie sind. Und *dann* Geschäfte machen.

Harriet Tubman Towers, so taufe ich euch, siebenundzwanzig Stockwerke. Blick auf den Central Park, die Madison Avenue, das Guggenheim Museum. Und wenn man nach hinten raus wohnt, den Harlem River, die Brücken, die South Bronx und eine Million Sklaven.

Eine Kolonialmacht hab ich hier hingesetzt, sagt sie. Verpasste aber den Anschluss, als sie es so nannte. Sie errichtet noch eins weiter westlich und hat schon den Namen dafür, schwarz, Onyxflure, ein Sphinx-Brunnen, eine Nadel der Kleopatra in klein, auf dem Spielplatz, für die Kinder zum Draufklettern und so. *Ägypten* nennt sie es. Das kommt an. Anna Marie, die baut nicht, bevor sie nicht den Namen hat. Im Village, was sieht man da zum Beispiel: *Cézanne*, *van Gogh*, *St. Germain* ... Penner, kurzfristige Mietverhältnisse, Mietnachlässe, Leerstand im zweiten Jahr ... Sie liest die Zeitungen dort, *The Villager*, die *Voice*. Nimmt Witterung auf. Anna Marie ist gewieft. In aller Ruhe bietet sie dem Bauleiter Paroli. *Franz Kline*. Und einen Tag, nachdem sie die Pläne anschlagen, ist sie überzeichnet.

Du solltest Geschäfte machen, Kitty. Du bist nicht gewieft. Sondern liebevoll und tolerant. Das ist auch gefragt. Du würdest keine Millionärin, aber du würdest aus dieser Gegend rauskommen. Was wird deinen Kindern hier geboten? Wo sie hingehen – Schwarze, Latinos, Neger. Nicht, dass ich irgendwas gegen die hätte, aber wer will die Vorhut sein?

Kitty legte ihm den Finger auf die Lippen. Pssst, sagte sie. Ich bin tolerant und liebevoll.

Ach, komm, Kitty. Mochtest Du etwa das Gesocks vom Zwischendeck? Sie stanken. Die Jüdlein, die konnte man ja noch im nächsten Bezirk riechen. Bärte wie eine ganze Knoblauchfarm. Aber was soll's ... Europa in der Zeit ... Europa war damals rückständig. Heute könnte man mit den Leuten im selben Sportclub sein. Heute haben die Leute vergessen, wie rückständig Europa war.

Aber hör zu, Kitty, als meine Schwester sich einmal für Hochhäuser entschieden hatte ...

Wer?, sagte Kitty. Entschied sich für was?

Meine Schwester entschied sich. Für Hochhäuser. Da lag ihre Zukunft. Hoch hinaus. Sie rief Skippy an. Sie rief die Bank an. Sie stiegen in ihre jeweiligen Autos und fuhren zum Lagerhaus. Die Sicherheit für lebenslange Investitionen. Das Lagerhaus liegt draußen in Jersey, in der Sonne, wunderschön, drum rum überall Wiese, ein Sumpf dahinter, Stacheldraht, elektrisch geladen, falls es Ärger gibt, ein Wachmann, die Fenster blitzblank. Die Bank wirft einen Blick darauf, das Lagerhaus ist bis oben hin vollgestopft, Ofenrohre ragen aus dem Fenster, Kabel rollen aus sämtlichen Rinnen, die Bank muss kein zweites Mal hinschauen. Sie unterschreibt sofort auf der gestrichelten Linie.

Ja, Anna Marie! Das kam alles aus ihrem Kopf. Jerry, fragt sie mich, wozu gebrauchst du deinen Kopf, für Kopfschmerzen? Kopfschmerzen. Wie kommt's, dass ich nicht dazu gehöre, Kitty? Einmal habe ich Skippy nach einem Haus gefragt. Er sagte: Klar, ich gebe ein

Haus, das 35 000 Dollar kostet, für vielleicht 22 000 ab. Ist das gut, Kitty? Hätte er es mir sofort geben sollen, Kitty? Ach, wenn ich ein bisschen was von der Knete in die Hände kriegte, wenn du mir bloß sagen könntest, wie.

Ich wünschte, ich könnte dir helfen, ein bisschen betrügerischer zu werden, sagte Kitty.

Er legte seine Hand auf Kittys riesigen Bauch. Kitty, ich würde das Kind persönlich nach Harvard bringen, wenn ich wüsste, wie.

Schön, was ist denn aus Zandakis geworden?

Warum bringst du den jetzt an? Er ist kein Geschäftsmann. Er ist ein Mörder, ein Halunke.

Wo ist Gladstein?

Er nun auch noch? Der existiert nicht mehr. Den haben sie aufgehängt, in seinem Schnäppchenladen auf der Hundertfünfundzwanzigsten, an den Daumen, mit mercerisiertem Baumwollgarn Nr. 9.

Gott?

Kitty, du lachst über mich. Lach nicht.

Schon gut, sagte Kitty und sank tief in die Kissen. Das Leben am Sonntag, dachte sie, war es wert, zwei Wochen drauf zu warten.

Und nun zu mir, sagte Jerry. Sonntags Frühstück machen, *das* kann ich!! Ich backe dreißig Pfannkuchen, sechs pro Person, Eier, Speck, mit frischem Kochschinken und literweise Saft dazu. Ich wecke deine faulen Gören und füttere sie so lange und immer wieder, bis ich sehe, dass sich ein bisschen Hirn in ihren dummen Schädeln regt. Ich hasse dumme Kinder. Da muss ich immer an mich selbst denken.

Ach, Jerry, sagte Kitty, was wäre ich ohne dich?

Na, du wärst nicht schwanger, das zum Beispiel nicht, sagte er.

Ach, wirklich?, sagte Kitty.

Es war nicht kalt, aber sie kuschelte sich tief unter die Decke. Es war der Patchworkquilt von der Großmutter ihrer Freundin Faith, der sie in dem warmen Zimmer schön warm hielt. Die alten Springrollos machten den Morgen zur Abenddämmerung. Sie lauschte dem Lied aus dem orangefarbenen Radio von Jerrys Bruder Skippy. Es war:

»Come, come, ye sons of art ...«

Die Speckscheiben wellten sich bang auf der heißen Grillpfanne, die Waffeln sprangen aus dem Toaster, und ein Countertenor rief:

Strike the viol
Touch
oh touch the lute

Damals, zu Lebzeiten Purcells, sagte der Radiosprecher, erklangen im geschäftigen England zum Geburtstag der Königin solche Freudentöne.

Faith im Baum

Gerade als ich tiefgründige Gespräche am meisten brauchte, das heißt, einen Hauch der weiten Männerwelt oder zumindest einen gescheiten Gefährten, der meine freundliche Sprache in sein Idiom unsterblicher fleischlicher Liebe übersetzen konnte, war ich gezwungen, umgeben von Kindern, hier im Park in unserer Nachbarschaft herumzuhängen.

Alle Kinder waren da. Zwischen den Bäumen, in den Armen von Statuen, Zehen im Gras, sprangen sie in Hundehaufen hinein und wieder heraus und gruben Tunnel in Maulwurfslöcher. Wo immer die Kinder hinrannten, hielten ihre Mütter an, um sich zu unterhalten.

Was für ein Ort in demokratischen Zeiten! Der eine Gott, einst König der Juden, der bis zum heutigen Tage die Sterne mit kleinen Wasserstoffexplosionen auseinandertreibt, kann aus Seinem Heiligen Hauptquartier herabschauen und uns alle sehen: Mädchenköpfe, Pferdeschwänze, die im Frühlingsglück wippen, kurze schwarze Bubiköpfe und gelegentlich sogar hervorblitzende goldene Eheringe. ER schaut nach Brooklyn im Süden, wo der Prospect Park mit seinen im Sand verwurzelten Bäumen zwischen japanischen Gärten und der Polizei liegt, und über uns hinaus in den gefährlichen Central Park im Norden. Weiter im Norden überleben die hirschäugigen Elenantilopen und Großen Kudus, sie grasen in den offenen Gruben des Zoos in der Bronx.

Doch ich, erschaffen, als er es sich freundlicherweise noch einmal überlegte, sitze auf dem dreieinhalb Meter hohen, starken langen Ast eines Ahornbaums, lasse die Füße baumeln und kann nur Kitty sehen, eine Kollegin im Mutterhandwerk, die erstklassige Arbeit leistet. Sie steht unter mir und lehnt an meinem Baum, ganz zerknittert in einem schwarzen Baumwollrock aus Leichentuchresten zu bestimmt nicht mehr als vierzehn Cent den Meter. Eine andere Kollegin, Anna Kraat, sitzt, trübsinnig und wunderschön, nicht weit weg auf einer harten Parkbank und wartet darauf, dass sich ihr Glück wendet.

Obwohl ich sie nicht sehen kann, weiß ich, dass auf der anderen Seite des ausgetrockneten Beckens und des großen Wasserspeiers Mrs. Hyme Caraway am Außenrand des von der Sonne ausgedörrten Runds (in dem Henry James noch Seerosen treiben sah) ihre schrecklichen Sprösslinge Gowan, Michael und Christopher auf einem englischen Rad, einem französischen Dreirad und einem dänischen Traktor vor sich herschiebt. Vor Angst, ins Leere zu reden, erzählt neben ihr die ganze Zeit Mrs. Steamy Lewis, Mutter von Matthew, Mark und Lucy, vom ach so tollen Leben in einem strohgedeckten Hotel auf einer griechischen Insel, wo die

Menschen die weit zurückreichende historische Erinnerung mit der Muttermilch aufsaugen. Lucy in schlammfarbenem Kaschmir zockelt an ihrem Rocksaum mit. Mrs. Steamy Lewis pendelt auf ihrer abgemessenen Bahn hin und her und schwört, sie will sechs haben, doch Mr. Steamy Lewis hat nicht mehr lange zu leben.

Deutlich sehe ich Mrs. Junius Finn, meine Nachbarin von einem Block weiter oben und abendliche Gefährtin auf den Treppenstufen, ein breiter Lastkahn, sie bewegt sich langsam, wie eine Dame – ein paar rothaarige Schuten an einer Wäscheleine im Schlepptau; auf ihrem fetten Oberdeck stößt Wiltwyck*, ein blasser, brüllender dreijähriger Kapitän mit graubraunen Augen, seinen nassen Daumen in den Wind. »Schneller! Schneller!«, johlt er. Mrs. Finn steuert – puff! puff! – auf den meinungsfreudigen Spielplatz zu, den sandigen Hafen.

Durch denselben Kanal, aber nun nahe genug, um vor Gehässigkeit zu sprühen, gleitet Lynn Ballard, sich sanft neigend wie das Segelboot eines Jungen, an meinem Desinteresse vorbei, und wirft kurz Anker, eine große malvenfarbene Handtasche auf die grünen Latten der Bank. Sie seufzt und schaut hoch, um zu sehen, was (wenn überhaupt) die Himmel zu sagen haben. Dort ruht sie, still hingegeben, einmal in der Woche, mit ein-

* Wiltwyck hat seinen Namen von der Besserungsanstalt, in der sein Bruder Junior, der schlimm war und schlimmer wurde, immer noch schlimm ist, aber besser wird (der Mensch ist verbesserungsfähig).

gezogenen Zehen, hocherhobenem Haupt und im Dreiviertelprofil, die Arme, anmutig wie Seehundsflossen, an der Seite. Wenn das Kind einer anderen Mutter hinfällt und weint, hilft sie ihm nie auf. *Ihr* Michael fährt mit seinem kleinen roten Fahrrädchen immer im Kreis um den Sandkasten, während sie von einer ungestörten Mitternacht träumt.

»Wie ein Mannequin«, brüllt Mrs. Junius Finn über Lynn Ballards Kopf hinweg.

Ich bin zu nah am Thema, als dass ich etwas dazu sagen könnte. Ich schniefe aber und atme dabei zufällig einen süßen Duft ein. Denn es ist der Monat Mai.

Kitty und ich sind Lynn Ballard nicht im Geringsten ähnlich. Kittys wunderhübsches Gesicht, wie ich ihr immer sage, will man in Ruhe betrachten, aber bei mir – Wer bin ich schon? – geht's schnell. Nicht übel, wenn Sie im Untergeschoss einkaufen. Auf meinem Gesicht sind ein Dutzend Botschaften, leicht zu lesen, nur für Freunde und Freundinnen, jede Menge Schnäppchen! Jetzt gebe ich es zu.

Aber auch das gewöhnlichste Leben wird vom Glanz eines großen Ereignisses zu etwas Besonderem. Einst war ich berühmt. Vom Nachglanz dieses Ruhms habe ich mein bescheidenes hartherziges Ich.

Damals brachten alle New Yorker Zeitungen, die die entsprechenden Rotationsmaschinen besaßen, ein Tiefdruckbild von mir in den Armen einer Stewardess. Ich war, meint man heute, das dritte Baby auf der ganzen

Welt, das in einem Verkehrsflugzeug flog. Das Foto hängt heute im Children of Judea, auf Karton geklebt. Meine Mutter hat es hinter Glas gesteckt, um den Anspruch auf Ewigkeit zu sichern. Die Bildunterschrift lautet: Eine unserer Jüngsten. Die kleine Faith wollte unbedingt ihre Oma besuchen. Hier liegt sie gemütlich in den Armen von Stewardess Jeannie Carter.

Warum schickt jemand ein Baby allein irgendwohin, ganz egal, wohin? Was wollte meine Mutter beweisen? Dass ich selbstständig war? Dass sie keine war, die klammerte? Dass sie in der vernünftigen sozialistisch zionistischen Welt der Zukunft nicht bei meiner Hochzeit weinen würde? »Du bist ein amerikanisches Kind. Frei. Unabhängig.« Was soll das denn heißen? Ich habe immer einen Mann gebraucht, von dem ich abhängig sein konnte, selbst wenn ich allem Anschein nach schon einen hatte. Ich habe zwei kleine Jungs, deren Abhängigkeit von mir mein kärgliches Leben und meine spießigen Gefühle in Anspruch nimmt. Ich schäme mich kein bisschen, dass ich ihnen immer noch die Schuhe binde und den Po viel länger abgeputzt habe, als meine Freunde Ellen und George Hellesbraun empfahlen, die im sozialpsychiatrischen Dienst arbeiten und darüber entsetzt sind. Ich küsse meine Jungs vierzig Mal am Tag. Hin und wieder versetze ich ihnen auch einen Knuff, wie es ein Vater täte. Wenn ich mich mit jemandem treffe und spät abends nach Hause komme, schüttele ich sie ein paarmal fest und wecke sie, um mich darüber zu beschweren, dass es mal wieder langweilig war. Wenn ich nicht gerade wegen meines Niedriglohnjobs und wegen des heruntergekommenen, rußverschmierten Hauses wütend und erschöpft bin, lobe ich Gott, dass ich sie habe. Meine Nachbarin, Mrs. Raftery, hat mal sonntagnachts um drei Uhr die Polizei gerufen, weil ich racheschnaubend meinen Lobgesang angestimmt hatte.

Da ich das Singen nun schon erwähnt habe, muss ich Ihnen sagen: Heute ist nicht Sonntag. Deshalb sind sämtliche blauäugigen, milchgesichtigen Polizisten im Park beunruhigt. Sie haben mitgekriegt, dass viele unserer von den vielen Vitaminen groß gewachsenen Highschool-Jungs offenbar den ganzen Tag ihre Gitarrenkoffer herumzuschleppen gedenken. Die Polizisten haben Angst, dass einer von ihnen einen Hillbilly-Song klampft und singt oder dass mehrere eine Bande bilden und ihre Stimmen in mittelalterlichem Kontrapunktgesang erheben.

Eine Frage: Weiß die Welt, weiß der durchschnittliche amerikanische Bürger, dass, abgesehen von ein paar Stunden sonntagnachmittags, eine städtische Verordnung das Spielen von Saiteninstrumenten verbietet? Gänzlich verboten sind die Klänge von Flöte und Oboe.

Antwort (Erklärung): Diese testosteronstrotzende Stadt reißt bei ihrer andauernden Beton mischenden Neugestaltung ständig ab und auf, und der hohe Ton einer Klarinette könnte genau das Dezibel zu viel sein, das dem Bürger das Trommelfell platzen lässt. Aber was, wenn Sie ein Planer wären, der an seinem Zeichenbrett lehnt und seine Stadt liebt? Auf die empfindlichen Zeichenblätter würden Tränen tropfen.

Aber wegen Pfeifens wird man nicht eingebuchtet, und hier kommen die Pfeifer – die ehrgeizigen jungen Samstagsväter, mit offenem Hemd. Im Großen und Ganzen versuchen sie, es zu was zu bringen, und müssen auf viele, viele Partys gehen. Sie sind nicht ausgeschlafen, geben sich aber wegen ihrer Zweijährigen energiegeladen. (Kleine Jungs sollen lernen: Männliche Energie ist eine nie versiegende Kraftquelle.) Sie haben Mini-Footballs dabei, obwohl die Saison schon beendet ist. Dann kommen die älteren Väter angetrottet, schnaufend, nur ein paar Minuten langsamer, die Gesichter zu einem sauberen Lächeln rasiert, allesamt mit schönen grauen Haaren und wachen Augen, an der Hand eine kleine Tochter aus einer dritten vernünftigen Ehe.

Einer kommt unter meinem Baum vorbei und stößt mit dem Zeh an Kittys Sandale. Er hält sich die Hand vor Augen, schaut gegen die Sonne zu mir hoch. Es ist Alex O. Steele, der die Mieterstreiks am Ocean Parkway organisiert hat, während ich gegen den sozialistischen Willen meiner Mutter in Coney Island bei den Pfadfinderinnen war. »He, Faith, wie steht's?«, sagt er. »Was von Ricardo gehört?«

Zur Antwort halte ich ihm einen Vortrag:

Alex Steele. Sasha. Ja. Ich habe von Ricardo gehört. Just in diesem Moment, in dem ich versuche, mit dir auf eine zivilisierte Weise zu reden, hat Ricardo sein taubengraues Hirn zu einem Spuckeklümpchen gerollt, damit es vom Poopdeck der *Eastern Sunset*, einem Kreuzfahrtschiff der Foamline's World Tour, heimlich, still und leise in mein rechtes Ohr fliegt. Ricardo streckt sich in meinem Kopf aus, vor Tagesanbruch erschöpft, weil er sich auf der ersten Etappe der vielmastigen Reise um die Nächte dieser Welt in eine Passagierin der *Eastern Sunset* verliebt hat. In *genau diesem Moment* sagt er zu mir:

»Arktur geht auf, Orion geht unter …«

»Du schwanzfixiertes Arschloch«, murmele ich.

»Pfui«, sagt er und blinzelt mit den Augen.

»Wie geht's den Jungs?«, zwinge ich ihn zu fragen.

»Ha, er will echt wissen, wie's den Jungs geht«, erwidere ich.

»Nein, will ich nicht«, sagt er. »Bitte, antworte nicht. Sorg nur dafür, dass sie nicht überfahren werden, wenn sie über die Straße gehen. Das ist dein Job.«

»Was?«, sagt Alex Steele. »Sprich deutlich, Faith, du nuschelst immer noch so wie früher.«

»Ich mache Witze. Vergiss es. Aber neulich habe ich von ihm gehört.« Aus der Tasche meiner Stretchjeans zerre ich einen zerdrückten Brief mit der exotischen Briefmarke eines neuen unterentwickelten Landes. Sie ist groß und zeigt zwei lächelnde Löwen in einem Stacheldrahtgehege. In dem Brief steht: »Es geht mir nicht gut. Hoffentlich komme ich nie wieder in einen Regenwald. Ich bin krank. Hast Du Arbeit? Bist Du Ed Snead mal wieder über den Weg gelaufen? Er schuldet mir 180 Dollar. Setz ihm nicht zu sehr zu, wenn er pleite aussieht. Ansonsten schick mir was an Guerra Verde c/o Dotty Wasserman. Ich lebe hier mit ihr zusammen. Sie ist mit einer Kinderwohltätigkeitsorganisation hier. Wunderbare Frau. Erinnert mich an Dich vor zehn Jahren. Sie hält sich an ihre Prinzipien. Ich brauche das Geld wirklich.«

»Typisch Ricardo. Oder, Alex? Erkennt man auch ohne Unterschrift.«

»Dotty Wasserman!«, sagt Alex. »Dann ist sie also dort ... Eine reizlose Frau, ulkig. Faith, lass uns mal zusammen zu Mittag essen. Ich arbeite oben in den East Fifties. Wie geht's deinen alten Herrschaften? Ich hab gehört, sie sind in ein Heim gezogen. Ganz schön jung dafür. Hör zu, ich bin Geschäftsführer von Incurables Inc., einer Spendenorganisation. Wir machen wunderbare Sachen, Faith. Das Tempo, in dem lebensverlängernde Maßnahmen ... Übrigens, wie findest du meine kleine Sharon hier, mein Lockenköpfchen?«

»Ah, Alex, wie alt ist sie? Sie ist süß, ein goldiges kleines Ding, ich mag sie. Sie ist ein Engel.«

»Ach, nein! *Sie* ist ein Engel – du magst alle anderen lieber als uns«, sagt mein Sohn Richard, der eifersüchtig ist, denn er kam als Erster, und als er zweieinhalb war, machte ihm sein kleiner Bruder meine einzig auf ihn gerichtete Liebe streitig, sagt meine Freundin Ellie Hellesbraun. Aber so etwas behaupten die Fachleute gern, es ist bequem und im Nachhinein leicht. Richard, mein älterer Sohn, ist nämlich hochintelligent, und das wusste ich von Anfang an. Als er klein war und mit mir allein und Ricardo, sein Vater, sich auf und davon gemacht hatte, um irgendeinen gruseligen Dschungel zu erkunden, nahmen wir oft die Fähre nach Staten Island. Manchmal auch die Fähre nach Hoboken. Wir gingen über Brücken, nur er und ich, und ich sagte zu ihm, Richie, guck mal die Puffpuffs auf den Lastkähnen, guck mal der Schlepper, wie stark und schnell der ist, guck mal die Handelsschiffe mit ihren hohen Kränen, guck mal, die *United States* geht auf große Fahrt, guck mal der Hudson River mit der weißen Gischt. Dabei ist es eigentlich gar nicht der Hudson River, habe ich ihm erzählt, es ist der North River; es ist eigentlich auch kein Fluss, sondern seine Mündung, ein Teil des Meeres, habe ich ihm erklärt, obwohl er erst zwei war. Solche Dinge konnte ich ihm erzählen, weil ich ihn für absolut intelligent hielt. Sieh, wie wunderschön das Eis auf dem Fluss ist, sieh die steinernen Ufermauern, sagte ich und knuddelte ihn, guck mal die interessante Welt, mein Mäuschen, sagte ich.

Deshalb hat er keinen Grund zu meckern, er hat einfach nur schlechte Laune.

»Gut, wir sind ein Problem für dich, Faith, wir halten dich in Unfreiheit«, sagt Richard jetzt. »Aber es stimmt, du schwärmst für alle anderen, nur für uns nicht.«

Es stimmt, ich mag die anderen Kinder. Ich darf ruhig sagen, dass Alex' Sharon ein Engel ist. Keine Sorge, Richard, mein Dummerchen! Wer ist so stolz auf dich wie ich oder so klug wie du? Irgendeiner von den Überfliegern aus der dritten Klasse, in der lauter gebildete Juden, Presbyterianer oder bürgerliche Lebenskünstler sitzen? Du bist einer der beiden Klügsten, und der andere ist ein Chinese – Arnold Lee. Neben ihm sieht Richard ein wenig tumb aus, gebe ich zu. Aber haben Sie schon mal von einem Kind gehört, das auf die Aufforderung, einen Satz mit dem Fragepronomen »wer« (sie waren bei den Fragepronomina) zu bilden, Folgendes schreibt und dann mit gehörigem Pathos und asiatischem Akzent vorliest: »Freund, sage mir, wer unter den Kaufleuten in Shanghai der größte Handelsherr ist?«*

»Ach, Faith, mal wieder dein typisches Gequatsche«, sagt Richard.

»Jetzt hör mir mal zu, Richard. Arnold ist ein interessanter Junge, einen solchen Jungen würdest du nur hier oder in Hongkong treffen. Deshalb nutz ein paar von den Möglichkeiten, die ich dir biete. Ich könnte auf dem

* Das hat mir die Lehrerin Marilyn Gewirtz, die einzige echte Person in dieser Geschichte und Kinderbewunderin, erzählt.

Land leben, wo es mir viel besser gefallen würde, aber ich weiß, dass es für Kinder nicht so toll ist – deshalb bleibe ich hier in dem grässlichen Slum. Ich lebe in Schmutz und Elend, damit du Jungs wie Arnold Lee kennenlernen und in dieser wunderbaren Straße mit all den Iren und Puertorikanern wohnen kannst, wenn auch, Gott weiß, warum, überhaupt keine Negerkinder da sind, mit denen du spielen könntest …«

»Wer braucht das?«, sagt er, nur um mich zu provozieren. »Die haben doch sowieso alle Messer. Aber dir ist es eh egal, ob ich umgebracht werde, oder nicht?«

Wie kann man einem solchen Jungen antworten?

»Gar nicht«, sagt Mrs. Junius Finn und freut sich, dass sie ein paar Worte sagen darf. »Man muss ihnen nicht antworten. Dafür hat Gott uns die Sprache nicht gegeben. Sie antworten viel zu viel, Faith Asbury, und das merkt man. Keiner ist so frech wie Richard.«

»Mrs. Finn«, schreie ich, damit ich gehört werde, denn sie ist ein Stück entfernt und nicht so aufmerksam wie ich, »was ist an frech so schrecklich? BÖSE ist schlimm. GEMEIN ist schlimm. AUSRAUBEN, MORDEN und SICH HEROIN INS BLUT SPRITZEN ist schlimm.«

»Bla, bla, bla«, sagte sie, taub gegen Inbrunst. »Sie haben doch keine Ahnung.«

Obwohl völlig ungebildet, hat Mrs. Finn stets mehr über Wortbedeutungen zu sagen als ich. Insbesondere bestimmt sie, was gut und böse ist. Ich komme hier an meine sprachlichen Grenzen. Mein Wortschatz reicht aus, um Mitteilungen zu verfassen und Tagebuch zu führen, ist aber komplett nutzlos für ein moralisch aktives Leben. Wenn ich diese Sprache wirklich könnte, wäre doch in meinem Kopf sicherlich wie im Webster's oder im *Wörterbuch des amerikanischen Slang* das unwiderlegliche Verb, das erdacht ist, einem Menschen wie mir zu sagen, was er als Nächstes tun soll.

Mrs. Finn kennt meine Probleme, denn ich behalte sie nicht für mich. Und ich werde insbesondere jetzt an sie erinnert, weil ich Mrs. Finn mehr oder weniger lebensgroß sehe, wie sie am Spielplatz von Wyllie aufgehalten wird, der von ihrem hohen rosigen Vorbau heruntergerollt ist, um all die englischen Räder zu bewundern, die in Reih und Glied im Fahrradständer des Parks stehen. Darum ist Junior ja in der Besserungsanstalt: wegen seiner besitzergreifenden Leidenschaft. Zuerst hat ihm sein Vater mit dem Gürtel den Hintern versohlt und das erlesene Muster hineingeschnitten, das Generationen von Vätern bekannt ist, die sich vor dem Aufschwung des Industriezeitalters und der Gruppentherapie zu Hause abgeschuftet haben. Dann aber erinnerte sich Mr. Finn an seine Kindheit und dass der Sündenfall Adams schuld war und nicht Junior. Jetzt können die Finns kein italienisches Rennrad mit zehn Gängen mehr sehen, ohne dass die Familie seufzt, weil Junior immer noch nicht zu Hause ist. Es gab nämlich ungefähr 176 Fahrräder, die er leidenschaftlich liebte.

Etwas stimmt nicht mit folgenden Mietern: Mrs. Finn,

Mrs. Raftery, Ginnie und mir. Alle anderen in unserem Haus sind in dieser Wohlstandsgesellschaft auf dem Weg nach oben, zahlen fünf bis zehn Jahre niedrige Mieten, bevor sie nach Jersey oder Bridgeport ziehen. Doch unsere vier Wohneinheiten, wie die Familien jetzt genannt werden, sind dazu verdammt, kulturell stillzustehen, während sich diese Gesellschaft auf Raupenketten von normalem Wohlstand zu absoluter Dominanz bewegt. In Gedanken daran zähle ich Namen und Daten auf. »Mrs. Finn, meine Liebe, denken Sie an meinen Richard. Als Junior ihm sein Schwinn-Fahrrad gestohlen hat, hat Richard sich im Kohlenkeller versteckt und überlegt, wie er Selbstmord begehen könnte.« Aber sie antwortet ganz kühl: »Faith, jetzt seien Sie mal nicht ungerecht, Junior hat's doch sofort zurückgegeben, als er erfahren hat, dass es Richard seins war.«

Aha.

Kitty sagt: »Faith, du fällst noch aus dem Baum, beruhig dich.« Sie schaut hoch, verdreht die Augen, um mir die Richtung anzuzeigen, und ich sehe einen hübschen Mann in engen Hosen, an den wir uns von anderen Samstagen erinnern. Er hat sich neben Lynn Ballard gesetzt. Er spricht leise in ihr linkes Ohr, während sie in ihrem perfekten Profil verharrt. Mit ihrem Michael hat er noch nie gesprochen. Er ist ein berühmter Schauspieler, der sie zu überreden versucht, seine Partnerin in einer neuen Inszenierung von *Sie – Herrscherin der Wüste* zu spielen. Das behauptet jedenfalls meine Freundin Kitty.

Solch eine freundliche Sichtweise ist mir fremd. Ich sehe durch die äußere Erscheinung oft bis hin zur Erscheinung der Dinge selbst. Der Mann ist ganz offensichtlich ein Wochenendschwuler, der sie von den Möglichkeiten eines nachbarschaftlichen Dreiers zu überzeugen versucht. Wenn ihre Nase bebt und sie einverstanden ist, kommt er leicht an seine eigentliche wahre Liebe, den sexy Supermarktleiter, der an der Kasse nach ihr schmachtet. Was sie dann machen werden? Keine Ahnung. Ich bin das Kind von Puritanern, woher soll ich so was wissen?

»Denk nicht mal so!«, sagt Kitty. Sie sieht natürlich einen Vertrag in seiner Tasche.

Kitty Skazka ist ein Original. Im Gegensatz zu anderen Leuten mit ähnlich fatalen Schwächen ist sie tolerant und liebevoll. Ich wünschte, Kitty würde ewig leben, Töchter und Söhne gebären, bei denen den Menschen das Herz aufgeht. Aber bisher hat sie, sterblich und schwanger, wie sie ist, nur drei grünäugige Töchter, und so großartig sind die nicht. Kitty findet das logischerweise doch. Und sie sind ja auch nicht schlechter als das durchschnittlich begabte, sensible Kind einer hingebungsvollen Mutter und etlicher flüchtiger Väter.

Ihr jüngstes Mädchen heißt Antonia, und sie hat keinerlei Respekt vor Erwachsenen. Kitty hat diese Respektlosigkeit immer gefallen, insofern ist sie ganz zufrieden mit ihr.

In einem passenden Moment an diesem Samstagnachmittag hat Antonia beschlossen, mit Tonto, meinem zweiten Sohn, zu sprechen. Er lag bäuchlings im Gras, die nackten Fersen dem Blick vorbeiflatternder Engel preisgegeben, und spielte etwas, bei dem bestimmte Ameisen und diverse Käfer mitmachten.

»Tonto«, fragte sie, »was spielst du, kann ich mitspielen?«

»Nein, es ist mein Spiel, ohne Mädchen«, sagte Tonto.

»Bist du der Bestimmer der Welt?«, fragte Antonia höflich.

»Ja«, sagte Tonto.

Er hält sich wirklich dafür, ist überzeugt davon. Wozu ich sagen muss: Bravo! Du bist der Bestimmer der Welt, Anthony, du bist der Fürst der Kindertagesstätte für die sozial benachteiligten Kinder berufstätiger Mütter, du bist immer, wenn es sonntags regnet, der Herr der West Side-Ladezone. Ich habe dich gesehen, furchterregender Häuptling des dunklen Waldes aus vier Gingkobäumen. Der Bestimmer! Wenn du, Anthony, nur hochschauen und mir befehlen würdest, was ich tun soll, würde ich sofort an dieser schorfigen Rinde runterrutschen, meine neuen Stretchhosen aufreißen, und es tun.

»Gib mir einen Nickel, Faith«, befahl er prompt.

»Gib ihm einen Nickel, Kitty«, sagte ich.

»Nickel, Nickel, Nickel, wie wär's erst mal mit *einem* Cent?«, fragte Anna Kraat.

»Anna, du bist reich. Du hast was gegen uns«, flüsterte ich, doch so laut, dass mich Mrs. Junius Finn hörte, die immer noch an der Einmündung des Spielplatzes festgehalten wurde.

»Gebt den Reichen nicht für alles die Schuld«, ermahnte sie uns. Sie ist empört über den neurotischen Aufstieg der Arbeiterklasse, obwohl sie sich hochgeheiratet hat.

Lynn Ballard neigte ihren stolzen, schamlosen Kopf.

Kitty seufzte, bewegte ihren sexy Körper und begann den Saum ihres weiten Rocks, den sie trug, zu kürzen. »Hier sind fünf Cent, Süßer«, sagte sie.

»Oho! Süßer!«, sagte Anna Kraat.

Antonia ging in einem weiten Kreis um den Ahornbaum und legte den Arm um Kitty, die nähte – die Sonne schien gerade über ihre linke Schulter, das perfekte Licht. Genau in dem Augenblick ging ein gegenständlicher Maler vorbei. Ich glaube, es war Edward Roster. Er blieb stehen, kniete sich hin und schaute die Szene an. Mit Daumen und Zeigefinger bildete er einen Kamerasucher, sagte: »Ah, was für ein Bild!«, und ging weiter.

»Nummer eins!«, rief ich Kitty zu, und das war er auch, der allererste der Spekulanten, die mit zusammengekniffenen Augen vorbeikommen, um das Angebot zu taxieren. Schon bald, je nach Alter und Absichten, würden sie in Gruppen über die Wege wandern oder sich einzeln im Schatten der Statuen Notizen machen.

»Das Kunststück besteht darin«, sagte Anna und teilte die Welt fein säuberlich ein, »die Spekulanten von den Investoren zu unterscheiden ...«

»Ich werde nie so leben. Ich nicht«, sagte Kitty leise.

»Quatsch!«, schrie ich, als zwei Männer eng aneinandergeschmiegt an uns vorbeischlenderten. Liebhaber waren sie nicht, es waren Jack Resnick und Tom Weed, leidenschaftliche Musiker, die sich über ihr Transistorradio beugten, das die »Chromatische Fantasie und Fuge« spielte. Wegen ihrer Beziehung zu dieser großartigen Musik schenkten sie uns keine Aufmerksamkeit. Anna hörte aber, wie sie sagten: »Jack, hörst du, was ich höre?« »Ja, verdammt, das Überromantisieren und das Unter-Bachen, ich fass es nicht.«

Ich muss schon sagen, wenn sich Dunkelheit auf die Erde senkt und große Dunkelheit über die Menschen, werde ich an euch beide denken: zwei Männer mit guten Ohren. Ich glaube nicht, dass die Zivilisation viel mehr tun kann, als die Sinne eines Menschen zu schulen. In puncto Kultivierung von Wahrheitsliebe und Ehrenhaftigkeit haben, glaube ich, die Juden was kapiert. Macht euch kein Bildnis, imitiert keinen Gott. Schließlich ist Er auf Seinem Gebiet, den bildenden Künsten, überragend. Überlasst dem Einen, der die lohfarbene Wüste, den blauen Van-Allen-Gürtel und die grünen Berge von Neuengland erschaffen hat, die Zuständigkeit für die Schönheit, von der Er offenbar was versteht, und dem Menschen, der in Jerusalem die

Bereitschaft zur Vergebung und in Troja Überlebenskünste zeigte, überlasst die Zuständigkeit für das Gute.

»Faith, hörst du mal mit deiner ewigen Philosophiererei auf«, sagte Richard, mein Erst- und missbilligend Geborener. Er war in unsere Mitte geprescht; angetrieben von einer Wut, die er schon den ganzen Tag nicht los wurde, brandneue Kugellager, Rollschuhe, schwer genug für seine großen Füße, um den Hals gehängt.

Ich beschloss, mich Richard nicht geschlagen zu geben, und antwortete ihm nicht. Ich schweifte ab und war frei: Ein Mann, der schielte und einen roten Bart hatte, war Vorsitzender des Lehrer-Eltern-Ausschusses geworden. Er hatte ein Komitee lebensfroher Damen ernannt, die sich in der Mensa trafen und ihren Kaffee mit einem kleinen Schuss Kognak aufbesserten.

Er hatte viele kluge Ideen dazu, wie man der Geldknappheit in den öffentlichen Schulen begegnen konnte. Einer seiner großen Pläne war, das Konzept einer integrierten Schule so zu bewerben, dass die Privatschulleute meinten, ihre Kinder verpassten das einzig Wahre. Und dass sie um fünf Uhr morgens, der Stunde des Neids, im mittleren Alter die reinste Mördergrube des Morgens, an all die Kinder in den öffentlichen Schulen denken würden, die tief in die Tragödie der Stadt verstrickt waren, etwas, das ihre Kinder nie kennenlernen würden. Er schlug vor, den einmonatigen Besuch einer öffentlichen Schule auf den Lehrplan der Privatschulen zu setzen, was eine so natürliche, fortschrittliche Erfahrung wie ein Besuch im Heizungskeller in der ersten Klasse sei. Die Gelder konnten mit der Schulbehörde 50:50, 30:70 oder 40:60 geteilt werden. Selbst wenn der Plan nicht aufging, würde das geplante Bemühen darum ganz gewiss das Ansehen der öffentlichen Schule heben.

Und etwas tat sich dann auch. Delegationen fortschrittlicher Privatschuleltern attackierten die Schulbehörde wegen der später so genannten Aussperrung, und schließlich stellten selbst die Lehrer-Eltern-Ausschüsse der humanistisch orientierten Schulen (deren besonderes Anliegen immer gewesen war, den Kopf des Kindes zu bilden) Überlegungen an, ob man nicht Kinder, die von den Schrecken in Ilium lasen, ordinären Straßenkämpfen aussetzen sollte, damit sie die *Ilias* besser verstanden. Die öffentliche Schule (in Manhattan) würde ein Nebenfach werden wie Schreibmaschineschreiben, obligatorisch, aber zweitrangig.

Mr. Terry Koln, energisch, initiativ und unbeschwert, wurde einstimmig wiedergewählt und als außerordentliches beratendes Mitglied zur Vereinigten Eltern- und Lehrergewerkschaft entsandt, wo er in einem winzigen Büro, das ihm allein gehörte, Marihuana auf den Fensterbänken zog und schwor, es seien blütenlose Ringelblumen.

Er war das Highlight unseres Lehrer-Eltern-Ausschusses. Doch bald kam heraus, dass er keine Kinder hatte, und Kitty und ich müssen ihn nun heimlich in Kneipen treffen.

»Oh«, sagte Richard, trotz dieser erfreulichen Abschweifung ungebrochen fies:

»Die Lehrer-Eltern-Ausschuss-Weiber
stets Haschischtütchen bei sich tragen,
am Telefon sie quatschen heiter,
mit Hausputz wolln sie sich nicht plagen.«

Das hat er wirklich geschrieben, mein Richard. Weil ich es richtig, richtig gut fand, mit Reim und Metrum und allem Drum und Dran, ging ich damit zu seiner Lehrerin. Ich nahm mir extra den Nachmittag frei. »Soll das ein Scherz sein, Mrs. Asbury?«, fragte sie.

Als ich ihr in die freundlichen Lehreraugen schaute, erinnerte ich mich an meine Schulzeit und wie es nachmittags manchmal war, und erwiderte: »Kann ich bitte meinen Richard mitnehmen, er hat einen Zahnarzttermin. Er hat die gleichen Zähne wie sein Vater. Miserabel.«

»Ja, kümmern Sie sich darum, Mrs. Asbury.«

»Gott ja, das ist das Mindeste«, sagte ich und nahm ihn an der Hand.

»Faith«, sagte Richard, der noch unter mir stand. »Warum bist du an dem Nachmittag mit mir zum Zahnarzt gegangen?«

»Ich dachte, du wolltest da raus.«

»Warum? Warum? Warum?«, fragte Richard, stampfte mit den Füßen und schrie. Ich antwortete nicht. Ich schloss die Augen, damit er verschwand.

»Warum nicht?«, fragte Philip Mazzano, der auf einmal da stand und zu mir hochschaute, als ich die Augen wieder aufmachte.

»Wo ist Richard?«, fragte ich.

»Das ist Philip«, rief Kitty mir zu. »Du kennst doch Philip, ich hab dir von ihm erzählt.«

»Ja, und?«

»Philip«, sagte sie.

»Ach so«, sagte ich und verließ den Ast des Ahornbaums mit einem so damenhaften Sprung, wie ihn eine Frau schafft, die Angst davor hat zu fallen, verknackste mir den Knöchel und war eine Woche krankgeschrieben.

»Ich habe nichts gegen Schule«, rief Richard von hinter dem Baum. »Besser, als dass ich mir ihr Gejammer anhören muss.«

So redet er wirklich.

Philip war verdutzt. »Wie alt bist du, Junge?«

»Neun.«

»Reden Neunjährige heute wirklich so? Ich glaube, ich habe einen Jungen, der neun ist.«

»Ja«, sagte Kitty. »Dein Johnny ist neun, David ist elf und Mike vierzehn.«

»Ah«, sagte Philip und seufzte; er schaute in den Baum hoch, von dem ich heruntergeplumpst war. Judy,

Annas Kind, nahm jetzt meinen hübschen vorgewärmten Ast in Beschlag. »Gott«, sagte Philip, »das werden ja immer mehr!«

Dann folgte Schweigen und Verlegenheit, denn wir waren in der Überzahl, obgleich wir ihm, ganz klar, zärtlich zugetan waren.

»Wie steht's, Kitty?«, sagte er und kniete sich hin, um ihr durchs Haar zu wuscheln. »Wie geht's, wie steht's, mein liebes altes Mädchen? Noch eins?« Er tippte ihr mit dem Zeigefinger auf den Bauch. »Gott!«, sagte er und stand auf. »Hör mal, Kitty, vorgestern hab ich Jerry gesehen, in Newark. Einfach so. Er stand auf einem Platz und kratzte sich am Kopf.«

»Jerry?«, fragte Kitty mit hoher liebevoller Piepsstimme. »Ach, ich weiß. Die ganze Woche in Newark ... Warum warst du da?«

»Ich? Ich habe mich mit jemandem getroffen, einem Typen, der Vincent Hall heißt, er beackert dasselbe Feld wie ich.«

»Was ist dein Feld?«, fragte ich.

»Wilde Blümelein«, sagte er. »Ich tummle mich auf dem Felde der wilden Blümelein.«

Was für eine Antwort! Wie oft trifft man an diesem dunklen Ort einen Mann, eine Frau oder ein Kind, der, die oder das sich eine solch ländlich-idyllische Antwort ausdenkt?

Deshalb schaute ich ihn an. Er hatte tief umschattete, dunkle beleidigte Augen mit einem schmalen weißen

Rand darunter, dem Ergebnis, malte ich mir aus, langer durchzechter Nächte sowie gründlicher Erprobung der Sterblichkeit, daher die Augenfalten. All das verlieh ihm ein wenig von der Seriosität, dem ersten, schöner machenden Anzeichen der Selbstzerstörung.

Selbst Richard ist sprachlos, wie unzynisch und offenherzig hier Gefühl gezeigt wird. Gerade mal vierzig Sekunden lang, während Jack Resnick sein Transistorradio in die Höhlung einer Englischen Ulme stellt, eine zerfledderte Partitur des *Messias* aus dem Rucksack holt und eine kurze elisabethanische Melodie in die langen Fermaten im Chor schreibt, die zu dem letzten melodischen Satz meiner Ode an Philip passt.

»Ein schöner Tag«, sagte Anna.

»Bitte, Faith«, sagte Richard. »Bitte. Siehst du den Typen da hinten?« Er zeigte auf einen dicken Jungen, der zwischen Erwachsenen auf einer Parkbank saß, nicht weit von der lauschenden Lynn Ballard. »Er hat einen Rollschuhschlüssel und leiht ihn mir nicht. Ein Arschloch. Es ist deine Schuld, Faith, du hast meinen Rollschuhschlüssel verloren. Das weißt du ganz genau. Du legst nie was ordentlich weg.«

»Frag ihn noch mal, Richard.«

»Frag du ihn, Faith. Du bist die Erwachsene.«

»Nein, mach ich nicht. Wenn du den Rollschuhschlüssel willst, frag ihn selbst. Du musst dich in diesem Leben selbst um deine Sachen kümmern. Irgendwann bin ich mal nicht mehr da.«

Richard bedachte mich mit einem finsteren Blick, die Lippen verächtlich verzogen. Nein. Schlimmer. Es war ein böser, unheilverkündender Blick, ein Blick, den man für unsere noch weit in der Zukunft liegende Beziehung nicht als besonders verheißungsvoll bezeichnen konnte.

»Du tust mir wirklich nie einen Gefallen, was?«, sagte er.

»*Ich* gehe mit dir, Richard.« Philip nahm ihn bei der Hand. »Wir reden mit dem Jungen. Er hat auf dieser Welt wahrscheinlich keinen einzigen Freund. Ich meine das ganz ernst, mein Junge, es ist schwer, ein dickes Kind zu sein.« Er klopfte sich auf den Bauch, wo, kann ich mir vorstellen, gewisse Erinnerungen aufbewahrt sind.

Dann nahm er Richard an der Hand, und Mann und Junge gingen los, um sich mit dem Besitzer des Rollschuhschlüssels ins Benehmen zu setzen.

»Kitty! Richard hat ihm eben seinen Rollschuh und seine Hand gegeben und ist mit ihm weggegangen ... Das ist völlig untypisch für meinen Richard.«

»Kinder spüren, wie gut er ist«, sagte Kitty.

»Er ist gut?«

»So gut auch wieder nicht. Na doch, er ist gut. Rücksichtsvoll. Du weißt, was er für einer ist, Faith. Wenn man aber eigentlich nicht will, dass er gut ist, dann ist er es garantiert. Und er ist sehr stark. Körperlich. Irgendwann erzähl ich dir mal von ihm. Jetzt nicht. Er hat eine besondere Bedeutung für mich.«

Ach ja, jeder hat eine besondere Bedeutung für Kitty, selbst ich, ein Wörterbuch spezieller Allgemeinplätze, selbst Anna und alle unsere Kinder.

Kitty nähte beim Reden. Sie sah aus wie eine Delegierte zu einer Jugendkonferenz aus der Volksrepublik Ubmonsk aus der Hinteren Tartarei. Sie trug einen dunklen Zopf, der ihr auf dem Rücken hing, eine weiße Bluse mit rundem Ausschnitt und angeschnittenen Ärmeln aus weichem Musselin, gewebt für altmodische Brautbetten. Ich habe den Empfehlungen meiner Freundin Kitty immer genau zugehört, denn sie hat einen Fehler nach dem anderen gemacht. Ihre Erfahrung ist unbezahlbar.

Kittys Kinder haben von klein auf, herzallerliebst, ein Auge auf sie gehalten. Sie haben sich ihre Argumente angehört, doch die beiden Ältesten haben, ohne respektlos sein zu wollen, andere Pläne für ihr Leben gehabt. Kinder sind ja immer Feuer und Flamme für John Dewey. Lisa und Nina haben nie geglaubt, dass Kittys Leben wirklich gutgehen würde. Als sie Antonia eine Ohrfeige gaben, weil sie die Küchentischplatte verkratzte, und Kitty sie dabei erwischte, sagte Kitty: »Antonia ist ein kleines Kind. Also bitte, Mädels, was ist schon ein Tisch?«

»Was ein Tisch ist?«, sagte Lisa. »Die spinnt wohl! Sie will wissen, was ein Tisch ist.«

»So, Faith«, sagte Richard, »*er* hat mir den Schlüssel besorgt.«

Richard und Philip hielten sich an den Händen, so dass Richard aussah wie ein kleiner Junge mit einem Vater. Ich könnte heulen, wenn ich daran denke, dass ich Richard immer behandele, als sei er ungefähr siebenundvierzig.

Philip fühlte sich hervorragend, weil er dem Jungen den Schlüssel rausgeleiert hatte.

»Was für ein Junge, Faith, dein Richard. Ich wünschte, mein Johnny in Chicago wäre so toll wie dein Junge hier. Ist Johnny wirklich neun, Kitty?«

»Darauf kannst du wetten«, sagte sie.

Philip behielt sein verwundertes Gesicht für spätere Eventualitäten bei und machte es sich bequem, schlug die Beine übereinander und lehnte sich vertraut an Ninas und Lisas Rücken. »Wie geht's euch zwei Elfenköniginnen?«, fragte er, zog sie sacht an ihrem langen Haar und lugte ihnen über die Schultern. Sie lasen Klassiker-Comics, *Ivanhoe* und *Robin Hood*.

»Ich hasse Lesen«, sagte Antonia.

»Ich auch«, brüllte Tonto.

»Antonia, ich wünschte, *du* würdest mehr lesen«, sagte Philip. »Antonia, du kleine Schönheit. Diese beiden Kleinen. Waldkinder. Sonnige braune Geschöpfchen. Du würdest wahrscheinlich sagen, Kitty, dass sie ihren Körper schon kennen.«

»O ja, würde ich«, sagte Kitty, die das alles glaubte.

Obwohl ich sehr schüchtern bin, bin ich doch auch beharrlich und sagte: »Du bist selbst ziemlich sonnig und braun. Wie kommst du zurecht? Was bist du, Schauspieler oder Französischlehrer, oder was?«

»Französisch ...«, lächelte Kitty. »Wenn er wollte, könnte er Sanskrit unterrichten. Oder Philippinisch oder Kambodschanisch.«

»Cambodge«, sagte Philip, leise, als stünden sonst als Nächstes die Kriege in Indochina zur Diskussion.

»Französischlehrer?«, fragte Anna Kraat, die, bekümmert wegen des Frühlings, seit einer Stunde und vierzig Minuten geschwiegen hatte. »Judy«, brüllte sie in die verkreuzten Äste des Ahornbaums. »Judy ... Französisch ...«

»Und?«, fragte Judy. »Was ist daran so toll? Je m'appelle Judy Solomon. Ma père s'appelle Pierre Solomon. Na, wie findet ihr das, Leute?«

»*Mon* père«, sagte Anna. »Das habe ich dir schon mal gesagt.«

»Wen interessiert's?«, sagte Judy. Sie jedenfalls nicht.

»Sie hat zwei Väter verloren«, sagte Anna, »innerhalb von drei Jahren.«

Tonto stand auf, um sich Bauch und Rücken zu kratzen, die ihm von dem nassen Gras juckten. »Meistens hat niemand einen Vater, Anna«, sagte er.

»Stimmt das, mein Kleiner?«, fragte Philip.

»O ja«, sagte Tonto. »Mein Vater ist im Äquator. Die beiden hatten gar keine Väter«, er zeigte auf Kittys Töchter. »Judy hat zwei Väter, Peter und Dr. Kraat. Dr. Kraat kümmert sich um einen, wenn man verrückt ist.«

»Vielleicht werde ich ja dein Vater.«

Tonto schaute mich an. Ich war ihm zu rosig. »O nein«, sagte er. »Jetzt nicht. Mein Vater heißt Ricardo. Er ist ein berühmter Forschungsreisender. So was wie ein Forschungsreisender, meine ich. Er ist in den Äquator gegangen, um Kontakte zu knüpfen. Ich habe zwei Bücher von ihm.«

»Magst du ihn?«

»Er ist in Ordnung.«

»Vermisst du ihn?«

»Wenn er zu Hause ist, ist er sehr frech.«

»Jetzt reicht's«, sagte ich. Es ist dumm, wenn man ein Kind vor einem anderen Mann schlecht über seinen Vater reden lässt. Männer haben auch so schon zu viel im Kopf.

»Was für ein Junge!«, sagte Philip. »Du und dein Bruder, ihr seid richtige Jungs.« Er wandte sich an mich. »Was ich mache? Hm, ich verdiene meinen Lebensunterhalt. Hier. Oder in Chicago. Wo ich gerade bin. Ich habe keine finanziellen Probleme. Das habe ich alles schon vor zehn Jahren auf die Reihe gekriegt. Aber in Wirklichkeit bin ich ...«, sagte er und verstieg sich zu einer illusionären Vertraulichkeit, weil er fand, er solle dieses Leben auf jeden Fall versuchen. »In Wirklichkeit bin ich Komiker.«

»Das ist ein Witz, das ist der erste Witz, den du erzählst.«

»Mir egal, ich will aber Komiker werden.«

»Aber du bist nicht witzig.«

»Bin ich doch. Du kennst mich noch nicht. Ich will einer werden. Ich war Lehrer, und ich habe fürs Außenministerium gearbeitet. Und jetzt will ich eben Komiker werden. Als ob Menschen noch nie den Beruf gewechselt hätten.«

»Du kannst aber nur Komiker werden«, sagte Anna, »wenn du witzig bist.«

Er schaute Anna von oben bis unten an. Anna hat einen furchtbaren Charakter, ist aber eine Schönheit. Ihre Ehemänner brauchten jeweils etwa zwei Jahre, um zu erkennen, wie böse sie war, aber der durchschnittliche Vorübergehende, Antworter oder Frager braucht nicht länger als dreißig Sekunden, um zu sehen, wie schön sie ist. Man kann Männer nicht warnen. Kitty und ich – na, wir lieben sie, weil sie so schön ist.

»Anna hat ganz recht«, sagte Richard.

»Sei still«, sagte Philip. »Sag mal, Anna, interessierst du dich für die französische Sprache, die Franzosen, die französische Geschichte oder die französische Kultur?«

»Nein«, sagte Anna.

»Och«, sagte er enttäuscht.

»Ich interessiere mich für gar nichts«, sagte Anna.

»Nein, so was!«, sagte Philip und wurde knallrot vor Aufregung. Er errötete von den Ohrläppchen bis hinunter in sein Hemd, und während ich zusah, wie das Blut aus seinem Gehirn nach unten floss, dachte ich, dass ich gern die wäre, die sanft seine Hoden hielt, sozusagen genau dann am Ort des Geschehens wäre, wenn das ganze Pochen da unten anlangte.

Da eindeutig Anna und nicht ich diese liebevolle Stellung innehaben würde, dachte ich, ich klettere mal besser wieder auf den Baum, nur wegen des Sauerstoffs, sonst leide ich gleich an dem gleichen jähen Abfluss von Blut. So macht die Natur das, pumpt diese vielen Liter immer dorthin, wo sie für kraftvolles Handeln gebraucht werden.

Zum Glück ertönte vom Spielplatz ein Klappern von Töpfen und Pfannen, und ein kurzer Demonstrationszug erschien – vier oder fünf Erwachsene, ein paar Jahre hinter mir im Mama-und-Papa-Geschäft: Sie schoben kleine Gokarts mit Babys drin, ein paar Dreijährige zockelten hinterher. Das waren die Haupt-Klapperer und -Schepperer. Die Erwachsenen trugen drei Plakate. Auf dem ersten war ein wohlgenährter, gut verdienender, gut gekleideter Mann von etwa fünfunddreißig Jahren und ein kleines Mädchen. Dazu die Frage: Würden Sie ein Kind verbrennen? Auf dem zweiten hielt der Mann eine brennende Zigarette an den Arm des Kindes. Die kühle Antwort lautete: WENN'S SEIN MUSS. Auf dem dritten Plakat stand nichts geschrieben, nur ein napalmverbranntes Baby war zu sehen, versengt, vernarbt, mit verdrehten Händen.

Wir waren sehr still. Kitty vergrub den Kopf in dem Stoff ihres Rocks. Ich zitterte. Ich sagte: »O weh!«, aber Anna sagte zu Philip: »Sie bringen die Leute nur gegen sich auf« und war sogleich gegen sie aufgebracht.

»Ihr Leute müsst hier weg«, sagte Douglas, unser Revierpolizist. Er war vor einer Weile gekommen und hatte Kitty gesagt, sie möge Jerry bitten, in diesem Teil des Parks kein Gras zu verkaufen. Doch jetzt war er bereit. »Ihr müsst gehen«, sagte er. »Keine Demos im Park.«

Kitty hob den Kopf und sagte in ihrer liebenswert herrischen Art: »He, Doug, lass sie doch. Sie tun keinem was.«

Tonto sagte: »Ich kenne das Mädchen, sie geht ins Greenwich House. Du bist bei den Vierjährigen«, sagte er zu ihr.

Doug sagte: »Hör zu, Tonto, wir sind im Krieg. Eines Tages wirst du auch Soldat. Ich weiß, du bist kein Waschlappen wie manche Jungs hier. Du wirst für dein Land kämpfen.«

»Ha, ha«, sagte Mrs. Junius Finn, »so weit kommt's noch. O say, can you see / By the dawn's early light?«

Die Demonstranten hielten eine kleine Versammlung ein Stück von uns entfernt ab. Sie mussten beraten, was sie als Nächstes tun wollten. Die vier Erwachsenen hielten die Rasseln der Kinder fest, bis der Beschluss gefasst war. Aus solchen Leuten bestand die Gruppe.

»Das ist Landesverrat, was Sie da machen«, sagte Douglas. Er wollte die Leute aber aufklären und erziehen. »Schilder an Stangen sind nicht erlaubt. Für den Fall von Randale. Es ist auch zu Ihrem Schutz. Sie könnten sich gegenseitig angreifen.« Falls das passieren sollte, würde niemand den wahren Täter finden, befürchtete er.

»Aber, Officer, ich kenne die Leute. Es sind anständige Bürger aus diesem Viertel«, sagte Philip, obwohl er weder im Stadtteil noch in der Stadt oder dem Staat wohnte, geschweige denn, dort wählte.

Doug schaute ihn genau an. »Mister, ich könnte Sie wegen Störung einer Amtshandlung verhaften.« Er zog die Polizistenstimme aus seinem gesunden Zwerchfell.

»Ach, kommen Sie ...«, sagte Kitty.

»Sie auch«, sagte Doug wütend. »Gehen Sie weiter«, rief er, »weiter.«

Hinter seinem Rücken war die Gruppe schon seit etwa drei Minuten weitergegangen. Er rannte hinter den Demonstranten her, doch sie liefen weiter am äußeren Rand des Parks, die Plakate auf den Gokart-Stangen, ganz ernsthaft, und machten sich Freunde und Feinde.

»Ich finde, sie sehen ziemlich legal aus«, brüllte ich hinter Dougs blauem Rücken her.

Tonto klammerte sich an mein Bein und steckte den Daumen in den Mund.

Richard rief: »Ha! Ha!« und boxte mich. Er fing auch an, mit den Zähnen zu knirschen, was mal zu großen Folgekosten führen würde, das wusste ich.

»Das ist wirklich komisch, Faith«, sagte er. Er weinte, stampfte mit den Füßen – in den Rollschuhen, gefährlich! »Ich hasse dich. Ich hasse deine dummen Freundinnen und Freunde. Warum haben sie sich nicht gegen den doofen Bullen gewehrt und Leck mich gesagt? Sie hätten sich wehren und ihm eine runterhauen sollen.« Er riss sich die Rollschuhe ab und verknackste sich den Knöchel. »Gib mir die Kreideschachtel, Lisa, her damit!«

Mit Tränen der Wut und Empörung schrieb er – in vier Meter fünfzig großen Buchstaben, damit die ganze Welt der Samstagsspaziergänger es sah – mit flamingorosa Kreide auf das nächste Asphaltstück: WÜRDEN SIE EIN KIND VERBRENNEN? und darunter, ein wenig größer die Antwort in rot: WENN'S SEIN MUSS.

Und ich glaube, genau da sorgten die Ereignisse dafür, dass ich eine Kehrtwendung machte, ich änderte meine Frisur, meinen Job uptown, meinen Lebensstil und meine Art zu reden. Daraufhin lernte ich Frauen und Männer in den verschiedensten Berufen kennen, die feste Standpunkte hatten, und dachte, durch die tiefen Gefühle und die Vernunft meiner Kinder von dem verführerischen Spielplatz weggelotst, immer mehr und jeden Tag über die Welt nach.

Samuel

Manche Jungs sind knallhart. Sie haben vor nichts Angst. Sie klettern auf Mauern, und oben verbeugen sie sich. Sie sind nicht nur mutig auf dem Dach, sondern randalieren selbst im dunkelsten Teil des Kellers, wo nicht mal der Hauswart gern hingeht. Und sie hampeln und hopsen auf der Plattform zwischen den geschlossenen Türen der U-Bahn-Wagen.

Vier Jungs hampeln auf der schwankenden Plattform herum. Sie heißen Alfred, Calvin, Samuel und Tom. Die Männer und Frauen in dem Wagen davor und dem Wagen danach beobachten sie. Es gefällt ihnen nicht, dass die Jungs da hampeln und hopsen, doch sie wollen sich nicht einmischen. Natürlich waren manche Männer in dem Wagen auch mal so mutige Jungs wie diese hier. Einer ist auf dem Heck eines rasenden Lastwagens von New York nach Rockaway Beach gefahren, ohne abzusteigen und ohne dass seine schmerzenden Finger den Halt verloren. Damals oder später, passiert ist ihm nie etwas. Er hatte eine Abmachung mit seinen Kumpels getroffen, die lieber zuschauten. Von der Eighth Avenue/Ecke Fifteenth Street aus wollte er einen vorher ausgemachten Ort, vielleicht die Twenty-third und den Fluss erreichen, indem er von einem fahrenden

Lastwagen zum anderen sprang. Das war schwer, wenn ein Lastwagen um die Ecke in eine falsche Richtung bog und der nächste Lastwagen ein, zwei Meter zu hoch war. Der Junge musste drei- oder viermal von vorn anfangen, bevor er es schaffte. Die Idee hatte er aus einem Film, den sie in der Schule gesehen hatten und der den Titel *The Romance of Logging* trug. Er hatte die Highschool abgeschlossen, eine gute Freundin geheiratet, einen verantwortungsvollen Job gefunden und ging jetzt zur Abendschule.

Dieser Mann und ein paar andere beobachteten die vier Jungs, die auf der Plattform auf- und abhopsten und turnten, und dachten: Es muss Spaß machen, so in der U-Bahn zu fahren, besonders jetzt, wo das Wetter schön ist und wir aus dem Tunnel und hoch über der Bronx sind. Dann dachten sie: Irgendwie sind die vier hier aber auch dumm. Und eigentlich zu klein. Dann dachten sie wieder an einige der Mutproben, die *sie* bestanden hatten, als sie Jungs waren, und fanden das Herumturnen nicht mehr so riskant.

Die Frauen im Wagen wurden sehr böse, als sie den Jungs zuschauten. Die meisten runzelten die Stirn und hofften, die vier da draußen würden ihre heftige Missbilligung sehen. Eine der Frauen wollte aufstehen und sagen: Vorsicht, ihr dummen Bengel, geht von der Plattform runter, oder ich rufe die Polizei. Doch drei der Jungs waren Neger, und der vierte war was anderes, was, wusste sie nicht genau. Sie hatte Angst, die Burschen würden frech, sie auslachen und in Verlegenheit bringen. Sie hatte keine Angst, dass sie sie schlagen würden, aber sie hatte Angst, dass es peinlich werden könnte. Eine andere Frau dachte: Die Mütter von denen haben keinen Schimmer, wo die sich rumtreiben. In diesem Fall traf das nicht einmal zu. Die Mütter wussten alle, dass sie zur Raketenausstellung in der Fourteenth Street wollten.

Draußen auf der Plattform hoben die Jungs immer, wenn die Bahn schneller fuhr, die Hände und zeigten zum Himmel, als wären sie hochzischende Raketen, dann zielten sie rat-ta-ta-tatt auf die bruchfeste Glasscheibe wie mit Maschinengewehren, obwohl gar keine Maschinengewehre ausgestellt wurden.

Aus irgendeinem, nur dem Wagenführer bekannten Grund verlangsamte die Bahn plötzlich das Tempo. Die Frau, die Angst vor einer eventuell peinlichen Situation hatte, sah, wie es die Jungs nach vorn und wieder zurück riss und sie versuchten, sich an den schwingenden Schutzketten festzuhalten. Die Frau hatte auch einen Jungen zu Hause. Sie stand nun doch entschlossen auf und ging zur Tür. Sie schob sie auf und sagte: »Euch passiert noch was! Ihr könnt umkommen. Ich rufe den Zugführer, wenn ihr jetzt nicht in den nächsten Wagen geht, euch hinsetzt und ruhig verhaltet.«

Zwei der Jungs sagten: »Ja, Ma'am« und taten, als würden sie die Plattform gleich verlassen. Die anderen zwei zwinkerten ein paarmal mit den Augen und pressten die Lippen aufeinander. Die Bahn beschleunigte die Fahrt wieder. Die Tür glitt zu und trennte die Frau und die Jungen. Sie lehnte sich an die Seitentür, weil sie am nächsten Bahnhof aussteigen musste.

Die Jungs schauten sich mit großen Augen an und lachten. Die Frau errötete. Die Jungs schauten sie an, lachten lauter und begannen einander auf den Rücken zu schlagen. Samuel lachte am ausgelassensten und schlug Alfred auf den Rücken, bis Alfred hustete und ihm die Tränen kamen. Alfred klammerte sich an einer Halterung für die Kette fest. Samuel schlug ihn sogar noch heftiger, als er die Tränen sah. Er sagte: »Was flennst du? Bist du ein Baby, oder was?« und lachte. Einer der Männer, der in seiner Jugend eher vorsichtig als mutig gewesen war, wurde böse. Er stand auf und schaute die Jungs eindringlich an. Dann lief er, ganz der verantwortungsvolle Bürger, zum Ende des Wagens und zog die Notbremse. Beinahe sofort zischte es schrecklich, der Luftdruck in den Bremsen ließ nach, die Räder rasteten ein und blieben stehen.

Selbst die Leute, die an den sichersten Stellen standen, fielen nach vorn und wieder zurück. Samuel hatte die Kette losgelassen, weil er außer Alfred auch noch Tom schlagen wollte. Alle Fahrgäste in den Wagen wurden nach vorn und zurückgerissen, doch Samuel stürzte nur nach vorn und fiel kopfüber zwischen die Wagen, wo er zerquetscht wurde und starb.

Die Bahn war mit einem Ruck schon halb im Bahnhof zum Halt gekommen, und der Zugführer rief sofort die U-Bahn-Arbeiter, die sich mit tödlichen Zwischenfällen auskannten und wussten, wie man den Leichnam von den Rädern und der Bremse losmacht. Es herrschte Schweigen, nur die Fahrgäste aus den anderen Wagen fragten: Was ist passiert? Was ist passiert? Die Frauen warteten unschlüssig und fragten sich, ob er ein Einzelkind war. Die Männer erinnerten sich an andere Nachmittage mit sehr schlechtem Ende. Die kleinen Jungs blieben so dicht beieinander stehen, dass sich Schultern, Arme und Beine berührten.

Als der Polizist bei Samuels Mutter an der Tür klopfte und ihr von dem Unfall berichtete, begann sie zu schreien. Sie schrie den ganzen Tag und jammerte die ganze Nacht, obwohl die Ärzte versuchten, sie mit Pillen ruhigzustellen.

Oh, oh, weinte sie, untröstlich. Sie wusste nicht, ob sie jemals wieder so einen Jungen finden würde. Aber sie war eine junge Frau, und sie wurde schwanger. Ein paar Monate lang blühte sie auf. Dann brachte sie einen Jungen zur Welt. Als man ihr das Kind zum Anschauen und Stillen in die Arme legte, lächelte sie. Aber sie sah sofort, dass dieses Baby nicht Samuel war. Sie und ihr Mann haben noch mehr Kinder bekommen, aber nie wieder wird es einen Jungen wie Samuel geben.

Die Bürde des Mannes

Der Mann trägt die Bürde des Geldes. Man braucht es Tag für Tag. Immer mehr davon. Für normale Dinge und zum Leben. Deshalb fällt ihm Urlaub schwer. Das Wochenende, wenn er kein Geld verdient oder sich weiterbildet, fällt ihm auch schwer.

Dann ist er zu Hause und beobachtet den Fortgang des Lebens seines Sohnes und den Fortgang des Lebens seiner Frau. Um das Geld machen sie sich offenbar keine Gedanken. Sie sind nicht dumm, aber sie lassen das Flurlicht an. Sie verbrauchen Strom. Seine Frau kocht und kocht. Immer muss sie Fleisch braten. Immer muss sie Kartoffeln kochen und Orangensaft auf den Tisch bringen. Er hat nichts gegen Gesundsein, doch mit teurem Gas aufgebackene Brötchen sind nicht nötig. Sein Sohn telefoniert ständig. Außerdem telefoniert seine Frau. Das wird sofort in das System bei AT&T eingespeist und ihm von IBM berechnet. An einem Tag kaufen sie aus Versehen drei Zeitungen. An einem anderen ist der Junge unten im Hof. Er passt nie auf. Natürlich fällt er hin und zerreißt sich die Hose. Diese Kosten entstehen an einem Samstag. Am Sonntag klopft eine Nachbarin an die Tür, sie ist wütend, denn es sind die Hosen ihres Sohnes, die erst geborgt und dann zerrissen wurden, und sie kosten 5,95 Dollar und sind aus gutem Feincord.

Als der Mann das hört, ist er außer sich. Er weiß nicht, wo das Geld herkommen soll. Gewiss, er bekommt ein sehr gutes Gehalt und legt fürs College für seinen Sohn fünf Dollar die Woche beiseite. Das macht er jede Woche und hat jetzt 2750 Dollar gespart. Aber er weiß nicht, wo das Geld für das *ganze* Leben herkommen soll. Ohne ein Wort zu sagen, gibt er der Nachbarin an der Tür sechs Dollar in bar und bekommt zwei Cent zurück. Er betrachtet die beiden Münzen in seiner Hand. Er fühlt sich mittellos und denkt, er fällt in Ohnmacht. Um Stärke zu zeigen, wirft er der Nachbarin die beiden Cent ins Gesicht; sie schreit und rennt weg. Er rennt zwei Straßen hinter ihr her. Ihr Mann kann ihr nicht zu Hilfe kommen, weil er Sonntagsschicht hat. Ihre Kinder sind im Kino. Als sie den Briefkasten an der Ecke erreicht, lehnt sie sich daran. Dreht sich voller Angst um und wirft ihm die sechs Dollar entgegen. Er nimmt die schwebenden Geldscheine aus der Luft. Er schleudert sie mit aller Kraft aus der Schulter heraus zurück. Sie flattern wie Blätter auf ihren Mantel, und sie schreit: »Aufhören! Aufhören!«

Von irgendwoher kommt sofort die Polizei und ist angewidert vom Anblick zweier erwachsener Menschen, die sich mit Geld bewerfen und schreien. Doch das Ganze spielt sich in einem Viertel mit schattenspendenden Bäumen und hübschen Rasenflächen ab. Die

Polizei ist gnädig und beobachtet, wie sie in dieselbe Richtung nach Hause gehen (denn sie wohnen Tür an Tür).

Ihre Wut tut ihnen leid.

Sie sagt: »Ich brauche die Hosen nicht. Billy hat jede Menge Hosen.« Er sagt: »Das Geld spielt keine Rolle. Sechs Dollar. Eine Lappalie.«

Dann trinken sie bei ihr zu Hause Kaffee und erklären sich alles. Jeder erzählt eine Geschichte aus seiner Jugend. Danach werden sie Freunde und besuchen einander sonntags nachmittags, wenn ihre Familien bei der Arbeit oder im Kino sind.

An Freitagabenden steigt der Mann die drei Treppenaufgänge aus der tiefen U-Bahn hoch. Bevor ihn der Bus in seinen weit entfernten Stadtteil mitnimmt, geht er in eine Bäckerei. Er bringt seiner Frau und seinem Sohn eine Erdbeertorte mit.

Trotzdem änderten sich die Dinge. Der Sommer kam, und die Nachbarin fuhr mit ihren drei Kindern in ein kleines Sommerhaus auf Long Island. Bei ihrer Rückkehr war sie hellbraun gebrannt mit einem Stich ins Orangefarbene von der Sonnencreme, die sie benutzt hatte. Er hatte den Eindruck, dass ihre erste Begrüßung und die folgenden sehr kühl waren. Er hatte ihr höflich geantwortet. »Du siehst großartig aus«, sagte er. »Danke«, sagte sie, ohne zu erwähnen, dass er von der Feriensonne ebenfalls besser aussah.

Eines Samstagmorgens wartete er im Bett, dass die Wohnung still und leer wurde. Seine Frau und der Junge gingen immer um neun zum Supermarkt. Als sie mit dem Trolley, den Einkaufstaschen und dem Auto schließlich fort waren, überlegte er, dass er und seine Nachbarin viele Sonntage lang geredet und geredet hatten und es nun an der Zeit sei, andere Möglichkeiten zu bedenken, um mit ihr zu schlafen.

Er fragte sich, ob für den Anfang die Küche wohl der beste Ort sei, denn sie war eng. Die Nachbarin war eine ehrbare Frau mit drei Kindern und würde vermutlich nein sagen, nur um ihre Ehrbarkeit noch ein wenig zu bewahren. Ganz gewiss würde sie versuchen, sich aus seiner ersten vorsichtigen Umarmung zu befreien. Aber das würde ihr nicht gelingen, wenn er sich ihr an der Geschirrspülmaschine näherte.

Eine andere Möglichkeit: Wenn der Kaffee schon auf dem Tisch war, konnte er sich neben sie stellen, wenn sie ihm eingießen wollte. Er würde ihr die Kaffeekanne aus der Hand nehmen und sie auf den Untersetzer stellen. Dann würde er ihre Hände ergreifen und ihr in die Augen schauen. Sie würde sofort wissen, was er wollte, und gleich überlegen, wie sie es einrichten konnte, dass sie am nächsten Sonntag für sich blieben.

Eine weitere Möglichkeit: Im Wohnzimmer auf der Couch vor dem Couchtisch würde er offen, aber schüchtern erklären: »Es geht mir entsetzlich schlecht. Ich möchte mit dir zusammen sein.« Der Plan war am besten, weil kein weiterer nötig war. Er konnte sie direkt nach dieser Mitteilung umarmen, ihren Rock hochheben, und wenn sie keinen Hüfthalter trug, gleich in sie eindringen.

Der nächste Tag war ein Sonntag. Er rief an, und sie sagte in ihrer neuen kühlen Art: »Ja, klar, komm rüber.« Etwa zehn Minuten später wartete er an ihrem Tisch in der Essnische auf den Kaffee. Er hatte die ersten vier blühenden Zinnien aus dem Rasenbeet seiner Frau abgeschnitten und arrangierte sie gerade in der Vase, als er merkte, dass der Mann seiner Nachbarin an der Wand entlang verstohlen auf ihn zuschlich. Mit blödem Gesichtsausdruck – er war vermutlich betrunken – sagte der Ehemann: »Was … was …« Er kannte diesen Ehemann nur vom Sehen, und es war ihm peinlich, als er ihn in seinem eigenen Haus fast auf den Knien sah.

»Du dämlicher Itaker …«, sagte der Ehemann. »Du bist keine zwanzig Minuten hier und schon fertig, ne schnelle Nummer, du billiger Mösenlutscher … rein und raus … das mag sie, die frigide Kuh …«

»Nein … nein …«, sagte der Mann. Er sagte »Nein, nein« zu der Annahme des Ehemannes, dass sie frigide war. »Nein, nein«, sagte er, obwohl er es ja gar nicht wusste, »ist sie nicht.«

»Was vergeudest du deine Zeit mit den fetten Hängetitten …«, sagte der Ehemann. »He!«, sagte der Mann. Über diesen Teil von ihr hatte er gar nicht besonders nachgedacht. Am meisten hatte er sich vorgestellt, wie sie unter ihrem Rock war und wie ihre Oberschenkel waren. Der Ehemann war betrunken, begriff er jetzt, sonst hätte er nicht mit solchen Worten von seiner Frau gesprochen.

Wie ein Betrunkener fuchtelte ihm der Ehemann dann auch mit einer Pistole vor der Nase herum, was der Mann zwar oft im Kino, aber nie im wirklichen Leben gesehen hatte. Ihm war klar, dass der Ehemann die Pistole haben durfte, weil er Polizist war.

Und als solcher war er nicht unbekannt. Er hatte mal einen Jungen vom Land umgebracht, der angesichts der Menschenmengen in der Stadt durchgedreht war. Der Junge war vor Entsetzen den ganzen Tag um den Central Park gerannt. Die Leute hielten ihn für einen Jogger, weil er ein Unterhemd trug, doch schließlich kam er in den Park, tötete mit einem Küchenmesser ein kleines Kind und verletzte noch zwei, drei andere. »Zu viele Menschen«, schrie er beim Töten.

Der Polizist hatte ihn mutig entwaffnet, doch der arme Junge hatte noch ein langes Messer aus der Tasche in seinem Hosenbein gezogen, und der Polizist musste ihn töten. Dafür bekam er einen Orden. Er erinnerte sich oft an diesen Nachmittag und fragte sich, wieso er einmal mutig gewesen war, aber nicht mutig genug für ein zweites Mal.

Jetzt starrte er den Mann an und versuchte sich zu erinnern, welche Hemmung von ihm abgefallen war, welche Angst vor seinem Opfer ihn angetrieben hatte. Wie war er zu dem Entschluss gekommen, den verrückten Jungen zu töten?

Plötzlich kam die Frau aus der Küche. Sie sah, dass ihr Mann betrunken war und blutunterlaufene Augen hatte. Sie sah, dass er eine Pistole in der Hand hatte und damit vor seinen Augen hin und her wedelte, als könne er so Nacht und Nebel vertreiben. Ihr fiel ein, dass er ein Mensch war, der schon einmal getötet hatte.

»Rühr ihn nicht an«, schrie sie. »Du Irrer! Jungenmörder! Rühr ihn nicht an«, schrie sie und zog den Mann ganz an ihren weichen Körper. Das hatte der nun keineswegs gewollt, sein Kinn verhakte sich im V-Ausschnitt ihres Wickelkleides.

»Raus aus ihrer Bluse«, sagte der Ehemann.

»Wenn du ihn umbringst, musst du mich auch umbringen«, sagte sie und drückte den Mann so fest an sich, dass der sich fragte, wo er die Nase zum Luftholen hinschieben konnte.

»Okay, warum nicht, warum nicht!«, sagte der Ehemann. »Warum nicht, du Scheißnutte, warum nicht?«

Dann drückte sein Finger auf den Abzug, und er schoss und schoss, auf den Mann, die Frau, die Wand, das Panoramafenster, die Kaffeekanne. Er schaute nach unten, schrie »Nutte! Nutte!« und schoss in den Boden, durch seinen Schuh, und zerstörte seine Zehen fürs Leben.

In der Mitternachtsausgabe der Morgenzeitung stand:

ORDNUNGSHÜTER IN QUEENS STÖRT STELLDICHEIN

Polizist von Kollegen eingebuchtet

Sergeant Armand Kielly bereitete der mutmaßlichen Romanze seiner Frau mit dem Nachbarn Alfred Ciaro ein Ende, indem er seine Küche, Mrs. Kielly, sich selbst und seine Karriere zerschoss. Er wurde von seinen eigenen Kollegen aus dem 115. Revier festgenommen, die aussagten, er sei in letzter Zeit nervös gewesen, und muss nun mit Disziplinarmaßnahmen rechnen. Auf die Frage unseres Reporters sagte Mrs. Kielly: »Nein, nein, nein.«

Der Mann mit der Bürde verbrachte drei Tage im Krankenhaus, wo man seine Schulterwunde versorgte. Die Krankenversicherung bezahlte fast alles. Dann verkaufte er sein Haus und zog in ein anderes Viertel an einer anderen Buslinie, aber die U-Bahn-Haltestelle blieb gleich.

Bis ihn das Alter überraschte, war er kaum mal wieder unglücklich.

Ja, mehrere Jahre lang spürte er jeden Morgen, wie aus seinen Herzkammern eine belebende Wärme in all seine kalten Gliedmaßen gepumpt wurde.

Ungeheure Veränderungen in letzter Minute

Ein junger Mann sagte zu Alexandra, er wolle mit ihr ins Bett gehen, weil sie einen interessanten Verstand habe. Er war Taxifahrer, und sie hatte ihrerseits seinen lockigen Hinterkopf bewundert. Trotzdem war sie überrascht. Er sagte, er werde sie in etwa eineinhalb Stunden wieder abholen. Weil sie ein fairer und verantwortungsbewusster Mensch war, hielt sie ihn mit ein paar wahrheitsgemäßen Informationen auf Abstand und sagte: Sie kennen wahrscheinlich nur wenige Frauen mittleren Alters.

Nach mittlerem Alter sehen Sie mir eigentlich nicht aus. Und jeder hat schließlich seine Vorlieben, finde ich. Mit anderen Worten, ich interessiere mich für Ihre Ansichten, Ihre Art zu leben. Auf jeden Fall, sagte er mit einem Blick in den Rückspiegel, ist Ihr Gesicht hübsch, und Ihre Augenbrauen sind verdeckt.

Kommen Sie in zwei Stunden wieder, sagte sie. Ich besuche meinen Vater, den ich zufällig liebe.

Ich liebe meinen auch, sagte er. Aber er liebt mich nicht. Jammerschade.

Okay, genug jetzt, sagte sie, denn das folgende ganz sachliche Vorgeplänkel hatten sie schon hinter sich:

Wie alt sind Ihre Kinder?

Ich habe keine.

Oh, tut mir leid. Was arbeiten Sie denn?

Mit Kindern. Beziehungsweise Teenagern. Adoptionen, Pflegefamilien. Bewährung. Probleme – also …

Wo haben Sie Ihre Ausbildung gemacht?

An städtischen Colleges. Und Sie?

Ach, ich. An allen möglichen Orten. Antioch. Wisconsin. Kalifornien. Vielleicht gehe ich eines Tages noch an die Uni. Aber woanders. Harvard vielleicht. Warum nicht?

Er drückte auf die Hupe, um einen Sattelzug mit sechzehn Rädern anzutreiben, der bei A&P Papiertaschentücher ablieferte.

Ich wünschte, Sie würden damit aufhören, sagte sie. Ich hasse so ein Fahrverhalten.

Warum? Ach so, Sie sind Idealistin! Er schaute ihr durch den Rückspiegel direkt in die Augen. Waren Sie jemals verheiratet?

Ja, einmal. Jahrelang.

Mit wem?

Schwer zu beschreiben. Einem Revoluzzer.

Echt? Könnte ich ihn kennen? Wie heißt er? Heutzutage sagen wir Revolutionär.

Aha?

Übrigens, ich heiße Dennis. Ich glaube, ich mag Sie.

Ach, wirklich? Aber warum denn? Und lassen Sie mich etwas fragen. Was meinen Sie mit heutzutage?

Beim Vogelsamen des Heiligen Franziskus, sagte er, und holte einen winzigen irischen Akzent auf seine Zungenspitze. War nicht bös gemeint.

Heutzutage! sagte sie. Was soll das heißen? Wahrscheinlich halten Sie sich für brandneu. Das sind Sie aber nicht. Das Telefon war brandneu. Das Flugzeug war brandneu. Solche wie Sie hat man auf der Welt schon vorher gesehen.

Wahnsinn!, sagte er. Er hielt kurz vor dem Krankenhauseingang. Er drehte sich um, sah sie an und traf seine Entscheidung. Sie haben ja recht, lenkte er ein. Der Verstand ist wirklich etwas Erstaunliches, so langlebig und erotisch.

Finden Sie?, fragte sie. Dann überlegte sie: Wie hoch ist die Lebenserwartung des Verstandes?

Achtzig Jahre, sagte ihr Vater und freute sich, dass er sich nützlich machen konnte. Einst – vor dem Kinderlexikon – hatte er Gewitterstürme erklärt. Nun hortete er in seiner Altershöhle immer noch wunderbares Wissen. Aber er war alterskrank. Die Zukunft seiner Arterien war hoffnungslos, und das Gespräch über dieses immer älter werdende Rohrleitungssystem verdrängte oft interessantere Themen.

Eines Tages sagte er: Alexandra. Zeig mir den Sonnenuntergang nie wieder. Ich interessiere mich nicht mehr dafür. Das weißt du doch. Sie hatte gerade auf einen schlichten Sonnenuntergang hingewiesen, der sich vor seinem Krankenhausfenster abspielte. Ein roter Ball – ganz allein, ohne seine abendlichen Streifenwolken – fiel hilflos nach Westen, knapp vorbei am Hudson River, an Jersey City, Chicago, den Großen Ebenen, dem Golden Gate – er fiel unaufhaltsam.

Dann seufzte Alexandras Vater ein bisschen Puschkin auf Russisch. *Ne dlja menja* ... Für mich gibt es keinen Frühling mehr. Er schlief ein. Sie las die Großdruckausgabe von *August 1914*. Eine halbe Stunde später öffnete er die Augen und erzählte ihr, dass laut der *Times* von heute Morgen die Phönizier ungefähr 500 v. Chr. nach Brasilien gesegelt seien. Ein bemerkenswertes Volk. Auch die Wikinger seien bemerkenswert. Er pries die Chinesen, die Juden, Griechen und Inder – all die alten Handelsvölker. Er hatte im Übrigen noch nie über eine gesamte Nation hergezogen. Toleranz gegenüber den Nationen war ihm gegen Ende des neunzehnten Jahrhunderts von seiner jungen Mutter und seinem jungen Vater eingeimpft worden, leuchtenden Vorbildern in der dunklen Tyrannei der Zaren. In Toleranz war er von Kindesbeinen an geübt und gab sie fürsorglich weiter.

Im Krankenhausbett neben ihm fürchtete ein Leidender namens John den drohenden Aufstieg der Schwarzen in Südafrika, der verzweifelten Schwarzen in Chicago, der gelben Chinesen und der osmanischen Türken. Er hatte mehr Grund als Alexandras Vater, sich vor der Zukunft zu ängstigen, weil er ein starkes Herz hatte.

Womöglich erlebte er das alles noch. Er glaubte, dass die Türken Krankheiten wie Cholera, hoch infektiösen Scharlach und ganz besonders Lepra nach New York mitbringen würden.

Lepra! Meine Güte!, sagte Alexandra. John! Regen Sie sich zur Abwechslung mal über richtige Probleme auf! Aus der *Times* las sie laut etwas über die zerbombten, niedergebrannten Leprakolonien in Nordvietnam vor. Ihr Vater sagte: Bitte, Alexandra, heute keine Propaganda. Warum mäkelst du immer an den Vereinigten Staaten herum? Er erinnerte sich daran, wie er zum ersten Mal die amerikanische Flagge auf der bedrohlichen Insel Ellis Island gesehen hatte. Unter dem Schutz dieser Flagge und weil er wie ein Tier geschuftet, Dickens gelesen und Medizin studiert hatte, war er gleich einer Boden-Luft-Rakete geradewegs in die Mittelschicht hochgeschossen.

Dann sagte er: Man sollte aber keine Flaggen in den Schokoladenpudding stecken. Das ist albern.

Heute ist Heldengedenktag, sagte die Schwesternhelferin und nahm sein Tablett mit.

Am frühen Abend stellte sich Dennis vor jedes Zimmer in Alexandras Wohnung. Er schaute sich überall um. Pure Verschwendung in Zeiten zunehmender Bevölkerungsdichte und Wohnungsnot, murmelte er. Er betrat die Küche und schnupperte die Küchenluft. Macht nichts, sagte er laut. Er nahm einen Finger voll Bratensoße aus dem Topf, der auf dem Herd stand. Gulasch, flüsterte er. Dann öffnete er die Tür zum Gefrierfach und sagte: Herr im Himmel!, denn darin waren noch elf Portionen davon, gefroren und ordentlich aufgestapelt. Sie waren für Alexandras Junkies, die wegen des Methadons massenhaft Proteine und Kohlenhydrate brauchten.

Die würde ich niemals in meine Wohnung lassen, sagte er. Ein Wunder, dass Sie noch eine Tasse und Untertasse haben bei dem Gesocks. Trotzdem probiere ich das Zeug gern mal. Warum? Erinnert es mich an Zuhause oder an etwas anderes?, fragte er. Ich glaube, an einen Film, den ich mal gesehen habe.

Apfeltaschen! Ach, ich muss zugeben, dass unsere Kommune nicht allzu gut funktioniert. Vermutlich, weil sie in Brooklyn ist und die Lebensmittelkooperative total chaotisch. Aber insofern in Ordnung, als sie die Kritik akzeptiert haben.

Sie haben ganz schön viel Krempel hier, bemerkte er nach dem Essen. Er hatte beschlossen, der Wohnung jetzt ein wenig mehr Aufmerksamkeit zu schenken. Er meinte Sessel, Lampen, Schreibtischgarnituren, das Hochzeitsfoto ihrer Großmutter sowie einen Schirmständer mit zwei Spazierstöcken ihres Vaters.

Hm, sagte Alexandra, dafür ist sie mietpreisgebunden.

Wissen Sie, was ich immer gern mache, Alexandra? Ich schaue mir gern mit einer Frau zusammen einen Spätfilm im Fernsehen an, sagte er. Eine Angewohnheit, die zu dieser Stunde alle Amerikaner haben. Es ist wichtig, wie andere zu sein, den Durchschnittstypen zu mögen, so zu sein wie er. *Er sein.* Das bringt einen besser in Stimmung als das ganze Pseudogequatsche. Sie wären überrascht, wie nahe man sich dann kommt.

Ich habe nichts dagegen, dass man sich nahekommt, sagte sie, ich habe nicht mal was gegen Amerikaner.

Sie sahen die Hälfte von *Die Marx Brothers: Ein Tag beim Rennen.* Sehr entspannend, sagte er. Aber ganz schön lang, meinen Sie nicht? Dann fing er an, sich auszuziehen. Er streckte die Arme aus. Er sagte: Alexandra, ich kann wirklich nicht länger warten. Ich bin Frühaufsteher. Ich gehe gern zeitig ins Bett. Kann ich ein paar Tage bleiben?

Er nannte Gründe: 1. war es das Wochenende des Heldengedenktags und das Haus in Brooklyn voller zugedröhnter Besucher. 2. ärgerte er sich sowieso über seine Wohngenossen, weil sie das wunderbare Wachsbatiken zugunsten des angesagten Knüpfbatiken aufgegeben hatten. 3. konnten er und Alexandra morgens ein paar schöne Spaziergänge machen, denn alle öffentlichen Parks grünten prächtig. Der Baum an der Ecke starb zwar an den Abgasen der Busse, war Dennis aufgefallen, aber viele Zweige waren an den Spitzen grün. 4. konnte er mit ihr über die Jugendlichen reden, ihr helfen, deren Probleme zu verstehen, ihre unglaublichen guten Seiten. Er wäre einer von ihnen gewesen, aber er war sieben läppische Jahre zu alt.

So viele Gründe sind gar nicht nötig, sagte Alexandra. Sie bot ihm einen Kognak an. Pfui, Spinne! sagte er wütend. Du weißt doch, ich trinke nicht. In einem Anfall von Trübsal begann er die schweren Schuhe auszuziehen, die er zum Bergwandern trug. Er stieg aus seinen Hosen und trat ein paarmal darauf, um sicherzugehen, dass er die Hosen los war.

Alexandra, im ersten Sommerkleid des Frühlings, stand reglos da und sah zu. Sie atmete tief durch, denn ein, zwei Jahre lang war sie allein gewesen. Dann legte sie beide Hände über die Rippen, um ihr Herz an Ort und Stelle zu behalten, und aus Anstand, um sein unanständiges Klopfen zu bändigen. Dann gingen sie im Schlafzimmer ins Bett und liebten sich, bis dieses geräuschvolle Zwischenspiel zum Ende kam. Es regte sich nichts mehr in ihr, und sie schliefen beide ein.

Morgens interessierte sie sich wieder für die Realität, für die sie immer etwas übriggehabt hatte. Sie wollte darüber reden und begann mit einer Beschreibung von John, dem Bettnachbarn ihres Vaters im Krankenhaus.

Türken? Total abgefahren! Aber recht hat er. Und noch was. Lepra kommt wieder. Denn die Lepers spielen im August auf dem Jahrmarkt in Forest Hills, beim Jamboree auf Rikers Island, im Fillmore East und in den Ecolocountry Gardens in Westchester.

Realität? Brauche ich eine Lektion in Realität? Bin ich etwa Taxifahrer? Nein. Ich fahre Taxi, aber ich bin kein Taxifahrer. Mein Metier sind Songs. Ich bin Liedermacher. Mit anderen Worten, ein Dichter. Weißt du, dass jeder dahergelaufene Schwarze ein Dichter ist? Bei den weißen Arschlöchern aber nur einer von zehnen. Einer von zehn.

Im Moment schreibe ich die ganze Zeit für die Lepers. Scheiß auf die Dichterei. Die Lepers finden mich spitze. Ich finde sie spitze.

Die Lepers?, sagte Alexandra.

Irre, du kennst sie? Nein? Na, vielleicht kennst du sie unter ihrem alten Namen. Früher hießen sie The Split Atom. Aber sie wurden zu populär. Sie legen Wert auf Anonymität. Dafür sind sie bekannt. Nach den Sommerfestivals ändern sie wahrscheinlich wieder ihren Namen. Vielleicht ziehen sie aufs Land und nennen sich Winter Moss.

Kannst du davon leben?

O ja, sehr gut sogar. Für einen Texter wie mich nicht schlecht.

Immerhin komme ich für ein Drittel einer Kommune mit zwölf Erwachsenen und drei Kindern auf. Ich fahre nur Taxi, um mich in der Welt der Illusionen auf dem neuesten Stand zu halten, Alexandra, um mit den braven Bürgern quatschen zu können, den schrillen Huren, den wohlanständigen Damen, die ihre Väter besuchen. Oh, entschuldige!

Also, Alexandra, du musst dir vorstellen: zwei Bassgitarren, eine Countryfiedel, eine Piccolo-Snare, Schlagzeug. Und dann der Erkennungssong der Lepers! Er setzte sich im Bett auf. Die Sonne schien ihm auf die Brust. Er dachte allmählich ans Frühstück, doch er sang Alexandra etwas vor, damit sie ihn besser kennenlernte und kapierte, was für ein toller Typ er war.

ooooh
erst fällt mein Finger ab   ab   ab
dann meine Nase
dann Baby   fallen meine Zehen

wenn du mich so liebst   mir alles, alles gibst
geh ich mit dir, Herzallerliebst
meine Rose aus Little Neck

Und?, fragte er. Er schaute Alexandra an. Würde sie gleich weinen? Ich dachte, du wärst so scharf auf die Realität, Alexandra. So geht es zu in der realen Welt. Egal! Dann hielt er ihr einen kurzen Prosavortrag zur Auslegung und besseren Verständlichkeit des Gedichts:

> Die Jugend! Die Jugend! Obwohl sie vor schrecklichen Problemen steht wie dem raschen und endgültigen Ende der Welt, wie wir sie kennen, durch eine Explosion oder durch die langsame, gedankenlose Zerstörung der natürlichen Ressourcen, hat sie sich trotzdem, selbst jetzt noch, ihren Optimismus, Mut und Humor bewahrt. Ja, sie glaubt an ungeheure Veränderungen in letzter Minute.

Also, ich bitte dich, sagte Alexandra schroff, denn sie verabscheute Verallgemeinerungen, es gibt solche und solche. Meine Jungs sind nicht so.

Doch, sind sie doch, sagte er ärgerlich. Bring sie nur mal mit. Ich beweise es dir. Egal, ich liebe sie. Fast zwanzig Minuten lang versuchte er – das Frühstück vergaß er dabei ganz – Alexandra zu zeigen, wie man die Dinge auf diese in der zweiten Jahrhunderthälfte übliche mitreißende Weise betrachten musste. Sie versuchte es. Sie hatte immer eine fortschrittliche, wenn auch manchmal gemäßigte Einstellung gehabt, aber in dem Moment, als sie ihm zuhörte, konnte sie aus dem schnellen Straßenkreuzer der Liebe weit voraus auf ein einsames Alter und einsames Sterben blicken.

Aber du brauchst keine Angst zu haben, mein liebes Mädchen, sagte ihr Vater. Wenn du da erst mal angelangt bist, hast du gar keine Lust mehr, noch großartig zu leben. Fürchte dich nicht. Dann bist du verbraucht. Wie ein Kohlenstück, das erst brennt und dann nur noch glimmt. Zum Brennen ist nichts mehr übrig. Erledigt. Glaub mir, sagte er, obwohl er selbst noch gar nicht dort angelangt war, in dem Moment ist es dir egal. Beim Zuhören verzog Alexandra ein wenig das Gesicht.

Jetzt guck nicht so!, sagte er. Er kannte sie einfach zu gut. Dass sie schon die letzten zwanzig Jahre älter als nötig aussah, fand er schrecklich. Er sagte: Natürlich habe ich Menschen sterben sehen. Sehr viele. Nicht nur einen oder zwei. Viele. Auch sie sind alle so weit gewesen. Durch Schmerzen. Verzweiflung. Bewusstlosigkeit, Alpträume. Absolut gutes Koma, wenn auch unterbrochen von Alpträumen. Sie sind so weit. Das bist du dann auch, Sashka. Mach dir nicht solche Sorgen.

Ho, ho, ho, sagte John im Nachbarbett, der durch die Vorhänge gelauscht hatte. Ich bin nicht so weit, Herr Doktor. Mir geht's miserabel, ich habe widerliche Alpträume. Ich tue kein Auge zu, aber ich bin noch nicht so weit. Ich kann ohne diesen Schlauch nicht pissen. Und dann die Einsamkeit! Junge, Junge! Haben Sie jemals erlebt, dass mich eins meiner Kinder besucht hat? Nein. Trotzdem bin ich noch nicht so weit. NOCH NICHT, sagte er klar und deutlich und schaute zur Decke oder hindurch, zum Dachgarten für die unheilbar Kranken und von dort zu Gott.

Am nächsten Morgen sagte Dennis: Ich würde lieber sterben, als ins Krankenhaus zu gehen.

Warum, um Himmels willen?

Warum? Weil ich es grauenhaft fände, in den Händen Fremder zu sein. Da darfst du deine eigenen Pillen, die dir helfen, nicht nehmen, aber wenn du eine von ihren brauchst, kommen sie nicht, selbst wenn du klingelst. Die Schwester und drei Assistenzärzte machen hinter der Anmeldung rum. Ich habe es gesehen. Der Tresen ist hoch, und sie beantwortet Fragen, während die Ärzte sie abwechselnd von hinten vögeln.

Dennis! Du tickst nicht richtig. Du klingst wie eine abergläubische alte Jungfer, die Vergewaltigungsträume hat.

Stimmt genau, sagte er. Ich bin eine alte Dame, was meine Gesundheit betrifft. Ich meine, sie liegt mir am Herzen. Ich will, dass meine Zähne lange halten. Right on, sister, fing er an zu singen und brach wieder ab. Hör zu! Dein Schicksal liegt in ihrer Hand. Solche Leute entscheiden über dich. Darfst du weiterleben? Oder bist du aus ihrer Sicht wertloser Hippie-Abschaum? Dann stirb.

Also, wirklich. Niemand beschließt, jemanden sterben zu lassen. Eigentlich trifft ja genau das Gegenteil zu: Sie beschließen, Menschen am Leben zu erhalten, obwohl das Sterben schon lange eingesetzt hat.

Du meinst, wie deinen Vater?

Alexandra sprang splitterfasernackt aus dem Bett. Mein Vater! Meine Güte, der hat noch zwanzigmal mehr Pepp als du.

Beruhige dich, sagte er. Komm wieder her. Ich wollte dich gerade ficken, und jetzt flippst du so aus.

Und noch was: Benutz dieses Wort nicht. Ich hasse es. Wenn du mit einer Frau zusammen bist, benutz gefälligst eine ihr angemessene Sprache.

Was soll ich denn sagen?

Ich will, dass du Ich wollte gerade mit dir schlafen sagst, undsoweiter undsofort.

Hm, das stimmt ja auch, sagte Dennis. Wollte ich. Als

sie zu ihm zurückkam, berührte er nur ihre Fingerspitzen, obwohl noch mehr von ihr da war. Er küsste nacheinander jeden Finger und sagte nach jedem Kuss: Ich möchte mit dir schlafen. Das sagte er zärtlich, nicht sarkastisch.

Dennis, sagte Alexandra, peinlich berührt von der plötzlichen Erkenntnis, du siehst ja aus wie einer meiner Klienten, ich meine, du siehst wie ein ganz bestimmter Junge aus, Billy Platoon. In Wirklichkeit heißt er Platon, aber er nennt sich Platoon, damit er nach Vietnam gehen und sich abschießen lassen kann wie sein Stiefbruder. Er ist ein Traumtänzer.

Alexandra, du redest zu viel, psst jetzt!, keine Politik.

Alexandra sagte noch ein, zwei Sätze. Er trägt immer einen Stock mit einer Kugel bei sich, in die lauter Nägel eingeschlagen sind, so eine mittelalterliche Waffe, für den Fall, dass ein Feind aus der Suffolk Street ihn liquidieren will. Er könnte ja von der CIA sein.

So ein Quatsch. Außerdem bin ich eifersüchtig. Und selber der Feind aus der Suffolk Street.

Nein, nein, sagte Alexandra. Dann sah sie auf der anderen Seite des Zimmers im Spiegel der Schlafzimmerkommode ihrer Mutter ein Stückchen ihres nackten Körpers. Igitt!, sagte sie.

Na, na, sagte Dennis liebevoll und streichelte das Stück, dass sie – wie er meinte – sah, ein paar wellige Zentimeter zwischen ihrer Brust und ihrem Bauch. Das ist vollkommen natürlich, Alexandra. Männer verändern sich nicht so sehr wie Frauen. Von allen Tieren haben nur die weiblichen Menschen mit zunehmendem Alter weniger Östrogen.

Ach, daran liegt das?, sagte sie.

Dann gab es eine halbe Stunde lang nichts zu reden.

Aber woher wusstest du das denn?, fragte sie. Was du alles weißt, Dennis. Wozu ist das gut?

Na, für meine Kunst, sagte er. Und trotz seiner Jugend ruhte er sich von der Liebe aus, wie Künstler oft, bevor sie singen. Er sang:

Schlag dein Lager auf
im Wald, Flora
unter dem Galgenbaum
mit dem
As der Münzen
und mir
Flora, meine Blume

Was ist mit der
Ökologie der Erde
du fährst zu schnell
Flora, du fährst allein
He, Flora, schalt die Zündung ab
lass das Öl
zurück in den Stein.

Oh, das gefällt mir, das ist richtig gut!, sagte Alexandra. Aber mal ehrlich, ist Ökologie ein gutes Wort für einen Song? Es ist so technisch …

Es gibt keine schlechten Wörter, Ökologie ist heute sowieso in aller Munde, sagte Dennis. Es kommt darauf an, wie man das Wort gebraucht. Dann kann sich jeder seinen eigenen Reim darauf machen.

Wirklich? Wo kriegst du deine Ideen denn her? Die meisten?

Ich weiß nicht, ob ich essen oder schlafen will, sagte er. Ich glaube, ich will nur mit deiner Brust knutschen. Dieses ewige Gerede. Die meisten? Also, die meisten Ideen, würde ich sagen, kommen aus einer Zeitschrift, dem *Scientific American*.

Während des Frühstücks ging ihm die Sache mit der Sprache nicht aus dem Kopf. Deshalb schwieg er. Nach den Pfannkuchen sagte er: Übrigens, Alexandra, ich kann jedes Wort benutzen, das ich will. Und das habe ich auch schon. Erst letzte Woche in einem Gespräch, das genauso wie dieses verlief, habe ich es bewiesen. Ich hab ein paar blauäugige Typen gebeten, mir ein Wörterbuch zu geben, um einfach darin herumzublättern und ein Wort herauszupicken. Und dann war's *Ophiten*. Ich hab's genommen, weil das Wort das Träumen für einen übernimmt. Dieses Wort.

Zu einer Melodie, wahrscheinlich der von »On Top of Old Smoky«, sang er:

Den Ophiten-Garten
hat erfunden Herr Freud

und drei Damen stutzen
ja, drei Damen stutzen

der Vögelein Schwanz

Kobras kommen zur Ruhe,
Nattern schlängeln umher

im schwarzen Garten der Schlangen
im blauen Garten der Schlangen

in dem Haar meiner Fraun.

Noch etwas Kaffee, bitte, sagte er voller Stolz und Bescheidenheit.

Der ist besser als die meisten anderen deiner Songs, sagte sie. Es ist ein Gedicht, stimmt's? Es *ist* besser.

Was? Wie bitte? Es ist *nicht* besser, auf keinen Fall, verdammt noch mal. Es ist nicht … Es ist nur nicht … ach, entschuldige, dass ich so ausraste.

Schon vergessen, mein Jungchen, sagte Alexandra begütigend. Ich habe nur gemeint, dass es mir gefällt, aber ich weiß, ich bin vom Alleinleben wahrscheinlich zu direkt. Wieso denkst du eigentlich immer an Frauen? An Ehefrauen, Mütter …?

Weil das typisch für mich ist, sagte Dennis friedfertig. Ist dir das noch nicht aufgefallen? So bin ich nun mal. Ich stehe auf Muttis.

Ah, sagte sie, aha. Aber ich bin keine Mutti, Dennis.

Doch, das bist du doch, Alexandra. Ich kenne dich mittlerweile ganz gut. Ich weiß Bescheid. Manchmal verhalte ich mich wie der Wochenenddeckhengst. Aber ich hab einen Song für dich geschrieben. Gestern Nacht im Taxi. Weil ich an dich denke. Den Lepers gefällt er bestimmt nicht. Die wissen auch nicht allzu viel vom Leben. Sie sind immer noch wie junge Bienchen, die es auf die nächste Blume schaffen wollen. Aber irgendein Veteran nimmt es bestimmt auf, so ein abgehalfterter alter Idiot, der seit Jahren aus dem Geschäft ist und noch mal was reißen will. Der riecht das Potenzial darin von Weitem.

Oh
ich weiß was über dich Baby
was Trauriges
sei nicht böse
Baby
Nie werden Kinder schmusen
an diesem wunderschönen Busen
Liebling

Aber sieh nur
überall, wo du hingehst, folgen dir Kinder
denn zahlreicher
ja, zahlreicher
als die Kinder der verheirateten Frau
sind die Kinder deines Lebens.

Das, sagte er, ist aus der Bibel.

Papa, begann Alexandra, meinst du nicht, dass eine Frau in diesem Leben wenigstens ein Kind haben sollte?

Du sagst es, erwiderte er. Du hättest eins haben sollen, als du mit Granowski verheiratet warst, dem Kommunisten. Wir waren zwar nie einer Meinung, weil Granowski keinen Humor hatte und jetzt vermutlich die Kubaner zu Tode langweilt. Aber ansonsten war er ein kluger Mann. Ich hätte hochintelligente Enkel gehabt. Nur politisch hätten sie nicht unbedingt mit ihm übereinstimmen müssen.

Dann betrachtete er Alexandra, ihr Alter und ihre Möglichkeiten. Er wurde weich. So schlecht siehst du gar nicht aus. Du könntest immer noch heiraten, mein liebes Mädchen. Dann wurde er noch weicher und dachte an die Statistiken über das Zahlenverhältnis von Frauen zu Männern, die er gerade gelesen hatte und die keinen Anlass zu Hoffnungen boten. Aber was soll's? Es ist unwichtig, Alexandra. In der Thora steht nur, dass dem Mann befohlen wird, sich zu mehren. Dir wird es nicht befohlen. Ob du nun ein Kind hast oder keins, Gott ist es egal. Wenn du keins hast, ruf die Magd. Du sagst zu deinem Ehemann, mach der Magd ein Kind, Liebling. Okay. Dein Mann treibt es sowieso schon seit etlichen Jahren mit der Magd, aber jetzt wird die Sache respektabel. Gut. Und du kannst dir die ganze Chose sparen, die langen neun Monate, vielleicht Komplikationen, am Ende noch einen Kaiserschnitt, nein, nein, schwuppdiwupp, ein Kind für den Herrn, hosianna.

Papa, sagte sie ein paar Wochen später, was, wenn ich doch ein Kind kriegen würde?

Sei nicht albern, sagte er. Dann betrachtete er sie von oben bis unten mit einem schrecklich langen ärztlichen Blick. Warum fragst du?, sagte er und wurde rot im Gesicht, was noch nie passiert war. Er griff sich mit der rechten Hand an die Brust, mit der linken nach der Krankenhausklingel. Zuerst, sagte er, brauche ich die Schwester! Sofort! Dann befahl er Alexandra: Du musst heiraten!

Dennis sagte: Ich weiß nicht, wie ich mich in diesen Schlamassel reingeritten habe. Es ist nicht recht, aber weil du eine andere Kultur und andere Sitten hast, bin ich kompromissbereit. Ich schlage Folgendes vor, Alexandra. Die drei Kinder in unserer Kommune gehören uns allen. Keiner weiß, wer der Vater ist. Total abgefahren. Ich schwöre – beim Schwanz unserer rattenscharfen Götter –, ich schwöre, es ist wunderbar. Eins von ihnen könnte von mir sein. Aber das Mädchen hat keine besonderen Merkmale. Warum ziehst du nicht zu uns, und wir erziehen das Mädchen zusammen so, dass es sich in dieser Welt wie ein anständiges menschliches und menschenfreundliches Wesen verhält. Dafür können wir eine etwas ältere Person mit einem Gefühl für Geschichte tatsächlich gut gebrauchen. Die fehlt uns noch.

Danke, erwiderte Alexandra. Nein.

Ihr Vater sagte: Erklär es mir bitte. Warum willst du diesen Unfug durchziehen? Aus Liebe? In deinem Alter? Geld? Irgend so ein Schwindler hat dich um den Finger gewickelt. Wahrscheinlich hast du ihm Abendessen gemacht. Wahrscheinlich wollte irgend so ein nichtsnutziger Hungerleider ein paar Mahlzeiten und hat sich gesagt: Warum nicht? Diese naive alte Jungfer ist leichte Beute. Sie wird mir abends einen Braten und morgens Eier und Schinken servieren.

Nein, Papa, nein, sagte Alexandra. Ich bitte dich, du wirst nur noch kränker.

Im Nachbarbett schrieb John, der mit einem starken Herzen starb, eine kleine Nachricht für ihn. Herr Doktor, Sie sind verrückt. Machen Sie sich jetzt keine Feinde mehr. Das Mädchen ist eine treue Seele! Sie ist wahrhaftig an jedem Di, Do oder Sa gekommen. Haben Sie je gesehen, dass mich eins meiner Kinder besucht hat? Und noch etwas. Mir geht es schlechter und schlechter. Aber ich bin immer noch *nicht so weit.*

Eins will ich dir noch sagen, sagte Alexandras Vater.

Du vergällst mir meine letzten Tage und ruinierst mein Leben.

Danach hoffte Alexandra jeden Tag, dass ihr Vater sterben würde, damit sie ein Kind kriegen konnte, ohne dass sie sein interessantes Leben kurz vor dem Ende und damit rückwirkend ganz ruinierte.

Zum Schluss sagte Dennis, lass mich wenigstens bei dir pennen. Das ist für *dich* von Vorteil.

Nein, sagte Alexandra. Bitte, Dennis. Ich muss früh zur Arbeit. Ich bin müde.

Ah, kapiert. Du hast dir nur einen Spaß mit mir gemacht. Du hast mich nur ausgenutzt. Na, toll! Es stinkt zum Himmel.

Nein, sagte Alexandra. Bitte, halt den Mund. Woher willst du überhaupt wissen, dass du der Vater bist?

Also bitte, sagte er, wer sonst sollte es sein?

Alexandra lächelte und biss sich auf die Lippe, bis sie blutete, um den Schmerz höflich zu zeigen. Sie dachte daran, dass es mit ihrer Arbeit weitergehen musste, sie wollte ihren Stolz bewahren und keine schöpferische Minute verlieren. Sie dachte an ihre vielen Fälle, einen nach dem anderen.

Sie sagte: Dennis, ich weiß genau, was ich tue.

Dann war's das, ich hau ab.

Um das Beste aus den Ereignissen in ihrem Leben zu machen, tat Alexandra Folgendes: Sie fragte drei schwangere fünfzehn- und sechzehnjährige Klientinnen, ob sie bei ihr wohnen wollten. Sie besuchte sie alle einzeln und erklärte ihnen, dass sie auch schwanger und ihre Wohnung sehr groß sei. Obwohl diese Klientinnen sie eigentlich nicht mochten, weil sie sich immer mehr um die Jungs gekümmert hatte, zogen sie binnen einer Woche aus den Wohnungen ihrer übellaunigen Eltern aus. Beim ersten gemeinsamen Abendessen gaben sie Alexandra gute Ratschläge über Männer, die ihr Jahre später zugutekamen. Sie schloss für die Mädchen und sich Krankenversicherungen ab und machte sich Notizen über das Projekt. Damit schuf sie einen Präzedenzfall in der Sozialarbeit, den man erst fünf Jahre danach in staatlichen Fachzeitschriften erwähnte und noch später dann befolgte.

Das Leben von Alexandras Vater wurde weder ruiniert, noch musste er sterben. Kurz vor der Geburt des Kindes tat er einen heftigen Sturz im gekachelten Badezimmer, brach sich den Schädel und tauchte die Verkabelungen seines Hirns in das Blut seines Herzens. Kurzschluss! In der Flut verlor er zwanzig, dreißig Jahre, die Gesichter von Neffen, angeheirateten Verwandten, die Namen zweier Präsidenten und einen Krieg. Seine Augen wurden runder, er war oft bass erstaunt, doch so klug wie immer und nahm die Dinge weniger kritisch und mit frischem Blick wahr.

Das Baby wurde geboren und nach seinem Vater Dennis genannt. Sein Familienname war natürlich Granowski wegen Alexandras Gatten Granowski, dem Kommunisten.

Die Lepers, die nun The Edible Amanita, Der Essbare Knollenblätterpilz, hießen, nahmen zur Ehre des Kleinen einen Song auf. Er hieß »Wer? Ich.«

Der Text war simpel. Er lautete:

Wer ist der Vater?
Wer ist der Vater?
Wer ist der Vater?

Ich! Ich! Ich!

Ich bin der Vater.
Ich bin der Vater.
Ich bin der Vater.

Dennis höchstpersönlich sang das Solo Ich! Ich! Ich! mit vor Wut heiserer, prophetischer Stimme. Tapfer hatte er sich zu dem Text bekannt. Nach einer Achtunddreißig-Stunden-Sitzung in seiner Kommune wurde er aufgefordert zu gehen. Am nächsten Nachmittag zog er in ein besseres Brownstone-Haus etwa vier Straßen entfernt, wo man gelegentlich Vaterschaft von ihm erwartete.

Am dritten Geburtstag des Kindes produzierten Dennis und die Fair Fields of Corn ein Folk-Rock-Album, denn das war der aufregende neue Sound. Es hieß *Für unseren Sohn*. Geübte Hörer vernahmen, wie etwa vierzigmal in einer Strophe die pochenden Schläge der Piccolo-Snaredrum in die langen dunklen Trommelwirbel, die gewöhnlichen Banjoakkorde und die Melodie der Fiedel – die »Guten Abend, gute Nacht« ähnlich, aber nicht vollkommen gleich war –, hinein- und hinaushuschten.

Kommst du und besuchst mich, Jack,
Wenn ich alt und klapprig bin?
Ja, ich komm, du bist mein Dad,
Deine letzte alte Dame ist hin.
Obwohl du meilenweit gereist bist
In das Hochland und ins Ödland,
Unser Auto stracks geklaut hast,
Lass ich, alter Vater, dich trotzdem nicht im Stich.

Kommst du und besuchst mich, Jack?
Eigentlich bin ich nicht allein.
Möcht trotzdem meinen Jungen sehn,
Unser eigen Fleisch und Blut,
Wir sehnen uns danach.
Ja, ich komm, du bist mein Vater,
Obwohl du mich und meine Brüder
verlassen hast, bist abgehauen
Und hast die Mütter andrer Jungs geliebt.

Kommst du und besuchst mich, Jack?
Seh ich auch aus wie übergekochte Zeit?
Altwerden ist kein Spaß.
Ja, ich komm, du bist mein Vater
Auch wenn wir keinen Cent gesehen haben,
Als wir uns die Lebensleiter hochkämpften.
Ich ruf dich an, und wir
Schmiegen uns aneinander und sehn
Auf dem Altersheim-Fernseher,
Wie in Key West die Wolken stehn.

Der Song wurde von Küste zu Küste gesungen und von den dunklen Wäldern Maines bis zum leuchtenden Golf von Texas berühmt. In den Altersheimen sorgte er für einen dramatischen Besucheranstieg, darunter ängstliche Menschen mittleren Alters ebenso wie staunende Jugendliche.

Politik

Eine Gruppe von Müttern aus unserem Viertel sang einmal bei einer Anhörung der Stadtverwaltung downtown ein Lied. Von ihnen stammten Inhalt und Melodie, doch die Idee für diese Art politischer Aktion entsprang dem cleveren Kopf eines Medienmannes, der wegen der Wohnungsknappheit mit dem Strom unserer abebbenden Lower West Side-Kultur schwamm. Er kam aus dem fernen mittleren Westen und fand unsere allseits bekannte Stammesorganisation großartig. Sie hätte Zukunft, sagte er. Oh, wie er für unseren alten Schmoddertiegel New York schwärmte.

Da er obendrein elegant und attraktiv war, warf sich die erste Mutter augenblicklich in Pose und erhob sich, als der Beamte ihren Namen aufrief. Sie lächelte, sagte Entschuldigung, drängelte sich an den Knien ihrer Nachbarinnen vorbei und ging stolz den Mittelgang des Sitzungssaals hinunter. Dann sang sie nach einer traurigen Melodie, die sie in der Küche ihrer Mutter gelernt hatte, das folgende Klagelied, mit dem sie eine bessere Ausstattung für Spielplätze forderte.

Oh oh oh
Bitte, stellt doch einen Zaun
auf
um den Spielplatz der Kinder
sie spielen dort und ihre Kindheit
dauert höchstens noch ein Jahr.
Jemand von der Stadt
muss kommen
oder ihre Väter, um die Penner und
die Obdachlosen fernzuhalten von diesem
Ort,
die Kinder sind zu klein, die alten Männer
sollten ihnen nicht mit
ihren krummen Schwänzen zuwinken oder
ihnen
die Knie betatschen und mein Schätzchen
zu ihnen sagen. Der Kardinal soll
all diese Widerlinge fernhalten …

Sie neigte den Kopf und trat bescheiden zurück, damit das Rezitativ beginnen konnte, zu dem die Frauen im ganzen Sitzungssaal aufstanden. In einer wunderschönen Stellungnahme sagten sie im Chor:

Die Junkies kann man lächelnd durch
intelligente Umverteilung
von staatlichen Mitteln fernhalten

Dann trat die Frau noch einmal vor, unsicher vor den hohen städtischen Podien, und sang weiter:

... bitte Herr Bürgermeister
ein Mädchen hat nicht mal Hosen an, es sind
ja noch Babys steh uns bei   die Roten
marschieren einfach rein
und besudeln unseren Sand ...

Sie hob die Arme in Richtung der schmuddelig weißen Decke unseres entzückenden Rathauses und rief laut:

in einen Güterzug nach Brooklyn mit ihnen,
Euer Ehren, errichten Sie einen Zaun
wir sind doch Mütter   oh, was
wird nur aus den Kindern ...

Niemand von der Stadtverwaltung blieb unbeeindruckt, auch der Bürgermeister nicht. Das sagten alle Amtspersonen, nachdem die fünfte Sängerin den Refrain gesungen hatte; in einer Art verblüfftem Arpeggio, das etwa drei Minuten dauerte, murmelten sie einmal rundum Ah und Oh. Der Leiter des Rechnungswesens, berüchtigt dafür, finanziell immer den Daumen drauf zu halten, sagte: »Ja, ja, ja, in dem Fall, ja, kann umgehend ein fünf Meter hoher Zaun errichtet werden, beschleunigtes Verfahren, warum nicht ...« Und er griff unverzüglich zum Telefon und rief die Parkverwaltungen, das

Verkehrsamt und das Jugendamt an. Alle waren zuvorkommend, als sie seine strenge Stimme und wohlbedachten Worte hörten. Am Mittag des nächsten Tages war der Zaun da.

Als später am Abend das Licht des Mondes schon etwa eine Stunde erloschen war, schnitt ein junger Beamter der Polizeikampftruppe ein ziemlich großes Loch in den Zaun. Dafür hatte er zwei Gründe. Der erste lag im Interesse der Öffentlichkeit: Die Big Brothers, ein Baseballteam junger Priester, die dringend sportliche Betätigung brauchten, spielten immer spät nachts. Sie brauchten einen Eingang und einen Ausgang. Der andere Grund war persönlicher Natur: Im Umkleideraum waren elf Baseballschläger eingeschlossen. Diese waren für das Geheimnis der kleinen Gruppe unverzichtbar. Er hatte die Schläger schon wie Weidenkätzchenäste im Arm und lud sie in einen bereitstehenden Gefangenentransporter. Er kam gerade zurück, um ein halbes Dutzend Fanghandschuhe zu holen, da überraschte ihn eine junge Reporterin von der *Lower West Side Sun* im Umkleideraum.

Und weil sie gelernt hatte, Neugier mit intelligenter Nachfrage zu verbinden, fragte sie ihn, was er dort mache. »Eine Polizeitruppe, die von rachsüchtigen Politikern ihrer Macht beraubt und der von der Bürgerschaft der gebührende Respekt verweigert wird, bewaffnet sich, so gut sie kann«, antwortete er. Er hatte ein Exemplar von Camus' *Der Mensch in der Revolte* in der Innentasche und zeigte es ihr, um sich auszuweisen. Er hatte sanfte graue Augen, kurze Wimpern, eine elegante, vollendete Haltung, trug nahezu makellose Leinenhandschuhe und konnte ihr deshalb, während er bei den Basketbällen darauf wartete, dass ihn die Revierpolizisten festnahmen, zwei Söhne einpflanzen, einer irisch, einer italienisch, die der Reporterin während ihres gesamten Lebens etwas im jeweiligen Dialekt vorsangen.

Spielplatz, Nordostseite

Als ich heute Nachmittag zum Spielplatz ging, traf ich elf unverheiratete Mütter, die von der Fürsorge leben. Nur vier waren Huren, die übrigen entweder aus Prinzip nicht verheiratet oder weil irgendein Mistkerl sie abserviert hatte.

Die Babys waren alle unter einem Jahr, sehr drollig und niedlich.

Als ihre Mütter sie in den Sandkasten setzten, nahmen sie die gesamte kleine Wüste ein, warfen mit Sand und kreischten. Ein Kind mit einem Vater zu Hause, der es anerkannte und Unterhalt zahlte, kriegte kein nasses Bein auf die Erde.

Wie kommt es, dass ihr alle hier seid?, fragte ich.

Zufall, erwiderte die Erste.

Ein paar von uns haben sich zufällig kennengelernt, erzählte die Zweite, waren sich sympathisch und machten sich gegenseitig mit ihren Freundinnen bekannt.

Wir sind wie eine Interessenvertretung, sagte die Dritte. Das war Janice, eine politische Frau, die sich mit Machtstrukturen und der Macht selbst auskannte.

Die Vierte kam mit elf Pappbechern auf den Spielplatz, Schokoladen- und Vanilleeis. Sie reichte sie herum. Was für eine herrlich einträchtige Stimmung herrschte in der Gruppe! Als ich noch Mutter von Kleinkindern in ebendiesem Park war, waren wir nicht so friedlich; wir stritten uns oft und beschuldigten andere Kinder ungesunder Aggression oder übermäßiger Schüchternheit. Der ist doch völlig kaputt, sagten wir zum Beispiel über einen etwa zweijährigen quäkenden Quengler. Hoffnungslos. Immer hängen ihm die Lider runter. Seht nur, wie er sich an seinen kleinen gepanzerten Pimmel klammert!

Wenn ihr natürlich eine Schönheit sehen wollt, sagte Janice, dann schaut euch Claude an, Lenis Kind. Der süße Fratz, sagte sie, die selbst ein überaus schönes Baby in einem Tuch vor der Brust hängen hatte, das in ihrer schützenden Wärme schlief.

Claude *war* schön. Er hopste auf Lenis Schoß herum. Er war dunkelbraun, obwohl sie weiß war.

Wunderschön, sagte ich.

Leni ist sehr ungewöhnlich, sagte Janice. Sie kommt aus Brighton Beach und geht trotz ihres Alters, ihres Gewichts und ihrer Religion auf den Strich.

Er ist nicht mein leibliches Kind, sagte Leni. So'n dämlicher Typ schuldete mir was und konnte nicht zahlen. Also gab er mir das erste kleine Balg, das er kriegte. Ja, das ist Hilfe für bedürftige Kinder. Jetzt, meine Süße, bleibe ich wie eine Bärenmutter einfach zu Hause und glotze fern. Freier mach ich kaum noch einen in der Woche. Mein Claude, der nimmt meine ganze Zeit in Anspruch. Stimmt's, mein kleiner Wonneproppen? Iss dein Eis, Claudie, sonst spült die Sonne es weg.

Die unverheirateten Mütter Nummer sechs und sieben waren Zwillingsschwestern, die sich immer gleich anzogen.

Acht und neun waren drogenabhängige Huren und passten gegenseitig auf ihre Babys auf, wenn sie arbeiteten oder high waren. Es waren sehr hübsche lesbische Frauen, die noch mehr Kinder in der Kindertagesstätte hatten, vier und fünf Jahre alt, und die Kleinsten saßen hier mit Schleifchen und in weißem Tüll, in blitzblank polierten, importierten Holz-Chrom-Kinderwagen. Sie ließen die Kinder nie im Sand spielen. Sie konnten es nicht leiden, wenn sie schmutzig oder nass wurden, und schimpften sie furchtbar aus, falls es passierte.

Die jungen Frauen, die aus Prinzip nicht verheiratet waren – unter anderem Janice und die Zwillinge –, fanden das zwar streng, aber wegen der mildernden Umgebung nicht so schlimm.

Die zehnte und elfte der ledigen Mütter wirkten deprimiert. Sie waren auf unschöne Weise abserviert worden, und das hielt sie davon ab, sich in vollem Ausmaß an den Babys zu erfreuen, obwohl sie die kleinen Dickerchen an ihr Herz pressten, beim leisesten Gejammer angerannt kamen und brüllten: Was? Was? Wer? Wer? Wer hat dir dein Schäufelchen abgenommen? Claude? Leni! Claude!

Er ist ein richtiger Junge, sagte Leni.

Die Zehnte und Elfte waren ungern von der Fürsorge abhängig. Es war ihnen peinlich, aber nicht so sehr, dass sie zu ihren Freundinnen, die sich nicht schämten, unhöflich gewesen wären. Trotzdem machten sie ab und zu ironische Bemerkungen. Sie waren jung und sehr hübsch, so wie die meisten jungen Mädchen heute hübsch sind, und wurden vermutlich nie wieder abserviert. Als ich ihnen das zu sagen versuchte, erwiderten sie: Na, danke! Eine bestimmte ironische Bemerkung machten sie häufiger: Meine Mutter sagt, mach dir nichts draus, Allison ist ein Kind der Liebe. Die Mutter war tolerant und fortschrittlich, aber arm.

An dem Nachmittag, an dem ich vorbeikam, stellte ich ein, zwei simple Fragen und gab außerdem eine Erklärung ab.

Ich fragte: Wäre es nicht besser, wenn ihr euch mit den anderen Müttern und Kindern zusammentätet? Das ist auch ein netter Haufen.

Sie sagten: Nein.

Ich fragte: Was meint ihr, was die Gettoisierung mit euren Kindern macht?

Sie lächelten stolz.

Dann erklärte ich ihnen: Als meine Kinder noch sehr klein waren, war es in gewisser Weise auch so. Die Frauen, die mal einen Button *I like Ike* getragen hatten, saßen auf der Südseite des Sandkastens, und wir übrigen, die wir revisionistisch kommunistische und revisionistisch trotzkistische und revisionistisch zionistische demokratische Parteimitglieder waren, saßen auf der Nordseite.

Auf diese meine Erklärung hin reagierten die meisten mit: Echt jetzt?

Janice aber sagte: Zisch ab.

Das kleine Mädchen

Morgens kam Carter im Café vorbei. Ich hatte grad gebohnert. Ey, Charlie, kann ich in deine Bude?, sagt er. Ich glaub, ich krieg nachher Besuch.

Nur zu, Tür ist auf, sag ich zu ihm. Der Gasmann kommt zum Ablesen (deshalb hab ich das Schloss abgemacht). Ich sag zu ihm: Vielleicht ist Angie, mein Untermieter, zu Haus, aber er ist die meiste Zeit total breit. Merkt nicht mal, wenn im Nebenzimmer jemand Saxofon übt. Du hast jede Menge Zeit, Carter. Alk gibt's aber keinen, keinen Tropfen. Er sagt, er hätte anderes Zeug, das ihn obenauf hielt. Kleiner Witz am Rande. Danke, Bruder, sagt er. Ich sag zu ihm, ich hab echt alles probiert, alles, aber bis heute mag ich nur Whiskey. Von Whiskey wirst du betrunken, aber wenn du dich mit Drogen vollpumpst, flippst du echt nur aus. Yeah, was du nicht sagst, Mann, sagt er und verdreht die Augen.

Dann ging er geradewegs in den Park. Im Park wimmelt es von kleinen Mädchen, jung, zart und strohblond. Blutjung. Weit weg von zu Hause, und ungelogen, sie finden die großen schwarzen Kerle toll, die schon vor Mittag auf der Pirsch sind und ihr Gemächt schwingen. Davon werden sie direkt in den Himmel katapultiert, meinen die blutjungen Dinger. Kann sein.

Neuerdings kriegen's die Neger hier auf dem Silbertablett serviert. Als ich jung war, habe ich mir's selbst geholt. Selbst was dafür getan. Und die Typen heute vernaschen einfach, was ihnen angeboten wird.

Na gut, als Nächstes: Carter setzt sich zum Ausruhen auf die Bank. Schaut hierhin und dorthin. Seine Hosen spannen. Sein Kopf macht Bilder. Da kommt so'n junges Ding an. Schlendert daher. Hat eine große Leinentasche dabei und guckt sich um. Carter brüllt: He! Setz dich her. Hier, zu mir, meine Hübsche. Sie schaut weg. Setzt sich. Auf die Kante.

Wo kommst du her, Süße?, fragt er sie. Hey, nur keine Panik, du bist unter Freunden.

Ah, danke schön. Aus dem Mittleren Westen, sagt sie. Aus der Nähe von Chicago. Sie will Eindruck machen. Aber von so weit her kommt die nicht.

Mal weg von zu Hause? Tapetenwechsel, du kleine Pusteblume? Dein Freund hat dich einfach so gehen lassen?

O nein, sagt sie und wird redselig. Ich bin abgehauen, und zwar endgültig. Bei meiner Mutter darf ich nichts. Wenn ich aus der Schule nach Hause komme, muss ich das Frühstücksgeschirr spülen und putzen und das Zimmer meiner beiden Brüder aufräumen, und die müssen keinen Schlag tun. Wochentags muss ich um zehn in meinem Zimmer sein und samstags um zwölf, gerade dann, wenn's gut wird, und dabei ist in der Stadt sowieso nichts los. Nichts! Ein total verschnarchtes

Kaff, tot. Und die Vorurteile, puh! Sie wird ein bisschen rot, will ihm ja nicht zu nahe treten. Schrecklich, und dann haben sie mich mit einer kleinen Tüte erwischt, die ein Typ mir gegeben hat, der zufällig in unserer Stadt war, und dann durfte ich eine Woche überhaupt nicht raus, wurde die ganze Zeit überwacht. Die sind so was von verblödet, die kotzen mich an!

O je!, sagt Carter. Ist mir ein Rätsel, wie ihr jungen Mädels das heute aushaltet. Fakt ist, die Welt verändert sich, und die Alten kriegen's gar nicht mit. Er wuschelt ihr durchs Haar und lehnt sich einen Moment lang mit der Wange daran. Testet es aus. Fährt mit der Zungenspitze an ihrem Ohr entlang. Er ist ein gut aussehender Mann, schöne Farbe, mittel, nicht zu hell. Das einzige, was an ihm nicht stimmt, ist eine Blutschliere im Auge.

Mann, so eine Hübsche wie dich hab ich lange nicht gesehen, sagt er. Das nennen wir die Muschi schmieren. Was er im Nullkommanichts schaffen würde, das sah er. Sie guckt ihn an. Meine Güte, was bin ich rumgelatscht, bin hundemüde. Gähnt.

Er sagt: Ich hab eine schöne Bude, da kannst du dich ein bisschen hinlegen und ausruhen und entscheiden, was du hier so machen willst. Kannst auch duschen. Was du willst. Egal, was, das geht in Ordnung. Hach, was bist du süß. Schöner als Miss America. Wie alt, hast du gesagt, bist du?

Achtzehn, sagt sie, wie aus der Pistole geschossen.

Er schaut sie zufrieden an, aber es war gelogen, und Carter wusste es. Garantiert. Und das werfe ich ihm am meisten vor. Warum ausgerechnet sie? Kleine Mädchen, die gibt's hier zu hauf, wirklich. Aber ein erwachsener Mann, der sollte seinen Verstand gebrauchen.

Dann: Sie gehn zu meiner Wohnung, die liegt sechs, sieben Straßen weiter downtown. Essen unterwegs eine Pizza. Hm, lecker, sagt sie (was ist sie naiv). Sagt: So eine krieg ich zu Hause nicht.

Sie latschen weiter. Ich habe schon mal gesehen, wie Carter eine Frau anmacht. Er hängt sich die Leinentasche über die Schulter. Vielleicht halten sie Händchen, schlenkern mit den Armen.

Machen die Haustür von Nummer 149 auf, aber als sie die vier Stockwerke hochgeklettert sind, ist sie, jede Wette, enttäuscht. Du kennst meine Bude, nichts drin. Außer meiner Matratze. Tisch mit zwei Stühlen. Eine Decke auf der Matratze. Kissen. Mit einem speckigen, alten grauen Kissenbezug. Ich bin zu alt, ich schmier mir weiter Pomade in mein graues Haar, aber klar wär ich gern noch mal so ein junger Spund. Dann würd ich mir einen Wahnsinns-Afro wachsen lassen.

Garantiert war sie enttäuscht!

Warte eine Minute, sagt er, geht in die Küche und bringt Eiswasser und eine Schachtel mit Salzstangen. Oh, danke schön, sagte sie. Genau, was ich wollte. Dann sagt er: Ruh dich aus, Süße, und sie legt sich hin. Legt sich direkt in ihren Sarg.

Willst du was rauchen? Schön friedlich, was?, sagt er. O ja, sagt sie. Total friedlich! Die Leute haben keine Ahnung.

Dann rauchen sie den Joint zu Ende. Sind beide high, und er sagt: Willst du vögeln? Sie sagt: Und ob, Mann! Dann schiebt er ihr das Kleid hoch und zieht ihr die Unterhose runter und kitzelt sie hier und da und knabbert an ihr rum. Er sagt: Gefällt dir das, Baby? Mann, und wie!, sagt sie. Zu Hause hat das mal ein farbiger Junge mit mir gemacht, Mann, fühlt sich das gut an.

Und dann zieht er sich aus. Will zur Sache kommen. Doch das Dumme ist, so erzählt es Carter, und ich kenne es auch so: Die kleinen Mädchen, die wollen immer, was sie gewöhnt sind: Hot Dogs. Und dann kriegen sie Knackwurst. So sind wir gebaut, das weißt du. Tatsache ist jedenfalls, Carter hat Gewalt angewendet. Musste er. Sie fing an zu brüllen, au, es tut weh, du bringst mich um, es tut weh. Aber Carter hat mir erzählt, dass sie es schließlich selber wollte. Sie versuchte, abzuhauen, aber er lief seit dem Morgen, als er im Laden vorbeigekommen war, mit einem Ständer rum. Und ließ sie natürlich nicht weg.

Hast du sie geschlagen?, frag ich. Hör zu, Carter, ich erzähl es niemandem. Aber ich muss es wissen.

Ich hätte ihr ein, zwei richtige Schwinger verpassen können. Die dämliche kleine Fotze hat's ja drauf angelegt, oder? Sie war so klein, mit dem bisschen Fleisch auf dem Oberschenkelknochen hätte man nicht mal einen kranken Hund satt gekriegt. Sie hätte sich unter meiner Achselhöhle rauswinden können, wenn ich sie gelassen hätte. Unsere schwarzen Frauen sind kein bisschen so, ich sag's dir ja immer, Charlie. Die haben ihren Stolz, die löffeln aus, was sie sich eingebrockt haben.

Das konnte er mir lange erzählen. Carter ist ein helles Köpfchen, aber mich verarscht er nicht. Ich frag ihn: Wenn das Angebot da ist und du hast die Wahl, Mann, wie kommt's, dass du dann wie der feinste Pinkel sagst: Ein bisschen was Weißes darf's schon sein.

Sag ich ja gar nicht!, brüllt er, als hätte ich ihm einen Nackenschlag verpasst. Und werd ich auch nicht! Er packt mich vorn am Hemd. Es war ein dreckiges altes Arbeitshemd, und es zerriss ihm unter den Händen in Fetzen. Er wurde ernst. Scheiße! Du hast recht! Sie sind Gift! Die bringen mich um! Nach der Sache jetzt wander ich direkt in den Knast nach upstate, da wird einem was ganz anderes geboten, und ich hab sowieso schon Hämorriden.

Macht Witze am offenen Grab. Deshalb mochte ich ihn immer. Er war schon sehr speziell. Deshalb hing ich ja auch immer gern abends im Park mit ihm ab.

Immer mit der Ruhe, sag ich.

Schon gut, sagt er.

Erzählt also, er hätte gerade die kleinen kraushaarigen Negerchen in sie geschossen, da hätte Mangie Angie Emporiore in der Tür gelehnt. Das Mädchen liegt auf meiner blutigen Matratze, zieht die Decke hoch, schreit, das Blut läuft ihr zwischen den Beinen raus. Carter hat sie ganz schön zerrissen. Du weißt, Charlie, sagt er, ich bin keiner von deinen kleinen jüdischen Kumpels, bei denen die Hälfte abgeschnitten ist. Angie fallen die Augen aus dem Kopf. Carter steht auf und verlässt seine Wirkungsstätte. Wirft Angie einen kurzen Blick zu, schnappt sich seine Hosen und verpisst sich. Mir erzählt er: Mann, ich konnte nicht bleiben, die dumme Fotze heult Rotz und Wasser, und überall um sie rum immer mehr Blut, sie bleibt einfach hilflos da liegen, widerwärtig, und diese miese weiße Wanze, dein Freund, ist unter dem Küchenspülbecken hervorgekrochen. Also, du solltest nicht mit einem weißen Junkie zusammenwohnen, hörst du, Charlie, das bringt nichts.

Wo gehst du jetzt hin, Carter?, frag ich ihn. Zu den Bullen, sagt er und deutet mit dem Ellenbogen downtown. Hab gehört, die suchen mich.

Er ist wirklich hingegangen und hat seitdem kein freies Tageslicht mehr gesehen.

Noch am selben Tag kamen sie und holten mich. Sie wissen, wo sie mich finden. Auf dem Revier sagten sie: Du schläfst heute und morgen Nacht woanders. Deine Bude ist versiegelt. Sowieso kein schöner Anblick, Charlie. Du bist aus dem Schneider. Wir wissen auf die Minute genau, wo du gewesen bist. Der Sergeant sah, dass ich nichts wusste. Wollte mir aber auch nichts sagen. Sie hatten einen Haftbefehl für Angel erlassen, deshalb. Wollten nicht, dass ich mit ihm sprach. Ihn warnte.

Aber Hector, der Bulle hier vom Revier, kann nichts für sich behalten. So sind sie, die Hispanos. Schnatter, schnatter, schnatter. Er sagt: Zieh um, Charlie. Die Bude willst du niemals wiedersehen. Das Bett kaputt. Und das kleine Mädchen kaputt auf dem Müll, auf den ganzen Glasscherben unten im Luftschacht. Bei lebendigem Leib aus dem Klofenster geworfen! Das wissen sie. Tot erst beim Aufprall.

Am nächsten Tag kriegte ich noch Schlimmeres zu hören. Ich war vor dem Laden, als Hector kam. Mein Bohnergerät machte Schlieren. Ich konnte nicht arbeiten. Hector sagt: Jeder Knochen zwischen Knie und Brustkorb war gebrochen, zersplittert. Wurde vor ihrem Tod mit einem stumpfen Gegenstand oder einer Faust brutal attackiert.

Schlimmer noch, oben am Bein, an der Innenseite, ist sie immer wieder gebissen worden wie von einem Tier, und das bisschen Fleisch, das sie hatte, rausgerissen. Ich sag: Schon gut, Hector. Sei still. Verschon mich.

Fünf Tage lang setzten sie ihr Bild in die Zeitung, und als am fünften Tag ihre Mutter und ihr Vater kamen, sagten sie: Unser Kind heißt Juniper. Sie ist vierzehn Jahre alt. Sie war ein bisschen rebellisch, aber so ist die Jugend von heute.

Dann im Gericht. Ich musste nicht viel sagen. Ja, es war meine Wohnung. Ja, ich hatte Carter gesagt, er könnte rein. Ja, Angie war mein Wohngenosse, und manchmal lag er tagelang dort rum. Schuldete mir zwei Monatsmieten. Deshalb hatte ich ihn noch nicht rausgeschmissen.

Carter sagte vor dem Richter: Ja, ich hab Gewalt angewendet, aber sonst, sagte er, hab ich nichts gemacht.

Angie sagte: Ja, ich hab sie geschlagen, als ich gesehen hab, was sie gemacht hat, aber natürlich hab ich sie nicht gebissen, Euer Ehren, ich bin kein Tier, das muss der schwarze Hippie gewesen sein.

Keiner sagte – sie holten es aus keinem raus, hatten einfach keine Beweise –, wer sie aufgehoben und aus dem Fenster im fünften Stock geschmissen hatte, als wäre sie nichts, nur ein Sack kaputter Knochen.

Aber war das nicht eine Schande, die beiden Kerle? Warum haben sie es an ihr ausgelassen? Nach so vielen schnuckeligen kleinen Mädchen. Es hätte alles ganz easy laufen können. Carter hat es ja selbst oft erlebt. Sie hätte den ganzen Sommer bleiben können. Wir sind wie die Vereinten Nationen. Aus jedem Staat kommt mal eine vorbei. Dort oben im fünften Stock hätte sie sich ihre höhere Bildung geholt. Im September hätten ihre Mama und ihr Papa sie abgeholt und ihr den Hintern versohlt, das wissen wir. Wir sind nicht von gestern. Wir haben so manches kleine Mädchen gesehen. Sie gehen wieder nach Hause, werden nach einer Weile erwachsene Frauen, arbeiten für die Gleichberechtigung von

Schwarz und Weiß im Freibad, stellen sich mit Plakaten vor den Supermarkt, blinzeln, halten den Mund und grinsen.

Aber es waren mein Zimmer und mein Bett, da vergesse ich es nicht. Immer wieder muss ich denken: Das kleine Mädchen ... Das kleine Mädchen ... Und gestern, ich hatte mich nach der Arbeit hingelegt, ist mir aufgefallen: Vielleicht waren sie es beide nicht. Vielleicht hat sie sich, zerschlagen, wie sie war, selbst zu dem offenen Fenster geschleppt. Sie war zerfetzt, sie muss gedacht haben, sie wär in ihrer Haut ausgeweidet worden. Sie muss den totalen Horror gehabt haben, als sie daran dachte, was ihre Leute sehen würden. Ihr Leben sah aus wie ein zerquetschter Fisch, widerwärtig, also machte sie Folgendes: Sie holte von irgendwoher Kraft, hievte sich auf die Fensterbank, hielt sich da fest, und dann – so sehe ich es – hat sie sich fallen lassen. Das glaube ich jetzt.

So ist es gewesen.

Gespräch mit meinem Vater

Mein Vater ist sechsundachtzig Jahre alt und bettlägerig. Sein Herz, dieser blutige Motor, ist genauso alt und schafft bestimmte Aufgaben nicht mehr. Es überflutet seinen Kopf zwar immer noch mit klarem Licht, kriegt es aber nicht mehr hin, dass seine Beine das Gewicht seines Körpers durchs Haus tragen. Trotz meiner Metaphern ist das Muskelversagen nicht seinem alten Herzen geschuldet, sagt er, sondern Kaliummangel. Auf einem Kissen sitzend und auf drei weitere gestützt, erteilt er letzte Ratschläge und äußert eine Bitte.

»Ich wünsche mir, dass du noch ein einziges Mal eine einfache Geschichte schreibst«, sagt er, »eine, wie Maupassant oder Tschechow sie geschrieben haben und du früher auch. Mit Menschen, die man wiedererkennt, und dann schreib auf, was ihnen als Nächstes passiert.«

Ich sage: »Ja, warum nicht? Möglich wäre es.« Ich möchte ihm den Gefallen tun, auch wenn ich mich nicht erinnere, jemals so geschrieben zu haben. Ich würde mich tatsächlich gern an einer solchen Geschichte versuchen, wenn er die Sorte meint, die mit »Es war einmal eine Frau …« beginnt, und dann folgt die Handlung, eine gerade Linie zwischen zwei Punkten, was ich immer verachtet habe. Nicht aus literarischen Gründen, sondern weil es einem alle Hoffnung nimmt. Jeder, ob real oder erfunden, verdient doch ein offenes Schicksal.

Endlich fiel mir eine Geschichte ein, die sich vor etlichen Jahren direkt auf der anderen Straßenseite zugetragen hat. Ich schrieb sie auf und las sie ihm vor. »Papa«, sagte ich, »wie ist's mit der hier? Meinst du so was?«

Es war einmal eine Frau, noch zu meiner Zeit, und sie hatte einen Sohn. Mit ihm lebte sie in einer schönen kleinen Wohnung in Manhattan. Mit ungefähr fünfzehn wurde der Junge drogenabhängig, was in unserem Viertel nichts Ungewöhnliches ist. Um die enge Freundschaft mit ihm zu bewahren, wurde sie auch drogenabhängig. Sie sagte, es gehöre zur Jugendkultur, in der sie sich sehr heimisch fühle. Nach einer Weile gab der Junge es aus den verschiedensten Gründen auf und verließ angewidert die Stadt und seine Mutter. Allein und verzweifelt, überließ sie sich ihrem Kummer. Wir alle gehen sie besuchen.

»Gut, Papa, das war's«, sagte ich, »eine schnörkellose, traurige Geschichte.«

»Aber so eine meine ich nicht«, erwiderte mein Vater. »Du hast mich absichtlich missverstanden. In Wirklichkeit gehört viel mehr dazu. Das weißt du genau. Du hast alles ausgelassen. Das würde Turgenjew nicht machen. Tschechow auch nicht. Es gibt übrigens russische

Schriftsteller, von denen du noch nie gehört, ja keinen blassen Schimmer hast, die genauso gut sind und eine simple, ganz normale Geschichte schreiben können, in der sie nicht all das auslassen würden, was du ausgelassen hast. Reale Dinge sind ja in Ordnung, aber ich habe was gegen Leute, die in Bäumen sitzen und ohne Sinn und Verstand daherreden, gegen Stimmen von wer weiß woher …«

»Gut, vergiss die, Papa, aber was habe ich jetzt ausgelassen? In dieser Geschichte?«

»Das Aussehen der Frau zum Beispiel.«

»Oh, ganz hübsch, glaube ich. Ja.«

»Ihr Haar?«

»Dunkel, schwere Zöpfe, als wäre sie noch ein Mädchen oder Ausländerin.«

»Wer waren ihre Eltern, was ist mit ihrer Herkunft? Wie kam's, dass sie so ein Mensch wurde? So was ist nämlich interessant.«

»Nicht aus New York. Gebildete Leute. Die ersten, die in ihrem Bezirk geschieden wurden. Wie gefällt dir das? Reicht das?«, fragte ich.

»Du nimmst nichts ernst«, sagte er. »Was ist mit dem Vater des Jungen? Warum hast du den nicht erwähnt? Wer war er? Oder ist der Junge unehelich?«

»Ja«, sagte ich. »Er ist unehelich.«

»Herrgottnochmal, heiraten die Leute in deinen Geschichten eigentlich nie? Haben sie keine Zeit, im Standesamt vorbeizuschauen, bevor sie ins Bett springen?«

»Nein«, sagte ich. »Im echten Leben, ja. In meinen Geschichten, nein.«

»Warum musst du immer Widerworte geben?«

»Ach, Papa, das hier ist eine schlichte Geschichte über eine kluge Frau, die voller Neugierde, Liebe, Vertrauen, Begeisterung und sehr modern nach New York City gekommen ist, sowie über ihren Sohn und darüber, wie schwer sie es auf dieser Welt hatte. Ob verheiratet oder nicht, spielt doch gar keine Rolle.«

»Von wegen«, sagte er.

»Na gut«, sagte ich.

»Na gut, selber na gut«, sagte er. »Aber hör zu. Ich glaube dir, dass sie gut aussieht, aber dass sie besonders schlau war, glaube ich nicht.«

»Das stimmt«, sagte ich. »Und eigentlich ist das auch das Problem mit Geschichten. Am Anfang sind die Leute faszinierend. Du hältst sie für was ganz Besonderes, aber im Verlauf des Schreibens stellt sich heraus, dass sie nur Durchschnitt mit einer guten Schulbildung sind. Manchmal ist es auch anders herum, die Figur ist ein Unschuldslamm, aber sie überlistet dich, und dir fällt gar kein Schluss ein, der gut genug wäre.«

»Was machst du dann?«, fragte er. Er war erst ein paar Jahrzehnte lang Arzt gewesen und dann ein paar Jahrzehnte lang Künstler, und er interessierte sich immer noch für die Details, das Handwerk, die Technik.

»Na, dann muss man die Geschichte eben ein bisschen liegen lassen, bis es zwischen einem selbst und der widerspenstigen Hauptfigur zu einer Einigung kommt.«

»Redest du jetzt nicht albernes Zeug?«, fragte er. »Fang noch mal von vorn an«, sagte er. »Wie es der Zufall so will, habe ich heute Abend noch nichts vor. Erzähl die Geschichte noch mal. Schau, was du jetzt daraus machen kannst.«

»Okay«, sagte ich. »Aber das ist keine Sache von fünf Minuten.«

Zweiter Versuch:

Auf der Straße uns gegenüber lebte einmal eine angenehme, hübsche Frau, unsere Nachbarin. Sie hatte einen Sohn, den sie liebte, weil sie ihn seit seiner Geburt kannte (in der rührend hilflosen Säuglingszeit und im Alter der Kämpfchen und Umarmungen, von sieben bis zehn, genauso wie davor und danach). Als dieser Junge in die Fänge der Pubertät geriet, wurde er drogenabhängig. Nicht hoffnungslos. Im Gegenteil, er propagierte den Drogenkonsum, und zwar mit Erfolg. Mit der nie erlahmenden Kraft seines Verstandes schrieb er überzeugende Artikel für die Zeitung seiner Highschool. Um eine größere Leserschaft zu erreichen, nutzte er wichtige Beziehungen und drückte den Zeitungskiosken in Lower Manhattan eine Zeitschrift namens *Oh, weißer Schnee!* zur Verbreitung auf.

Damit er sich nicht schuldig fühlte (denn heutzutage sind Schuldgefühle in neun von zehn aller ärztlich diagnostizierten Krebsfälle in den Vereinigten Staaten der Auslöser, sagte sie) und weil sie immer viel davon gehalten hatte, schlechten Angewohnten zu Hause Raum zu geben, wo man ein Auge auf sie halten kann, wurde sie auch drogenabhängig. Eine Zeitlang war ihre Küche berühmt – ein Zentrum für süchtige Intellektuelle, die wussten, was sie taten. Ein paar fühlten sich wie Dichter à la Coleridge, andere gingen das Ganze wissenschaftlich und revolutionär an wie Leary. Obwohl die Frau oft high war, blieb ihr ein gewisser liebevoller Mutterinstinkt, und sie sorgte dafür, dass es immer reichlich Orangensaft, Honig, Milch und Vitaminpillen gab. Aber sie kochte nie was anderes als Chili con carne, und das auch nur einmal pro Woche. Als wir aus nachbarschaftlicher Anteilnahme ein ernstes Wort mit ihr sprachen, erklärte sie uns, dass das ihre Rolle in der Jugendkultur und sie lieber mit jungen Menschen als mit ihrer eigenen Generation zusammen sei; sie empfinde das als Ehre.

Eines Tages nickte der Junge in einem Antonioni-Film dauernd ein, und ein strenges Mädchen, das neben ihm saß und auch gern andere bekehrte, stieß ihm mit dem Ellenbogen kräftig in die Seite. Sie bot ihm sofort Aprikosen und Nüsse für seinen Zuckerspiegel an, sprach ein Machtwort und nahm ihn mit nach Hause.

Sie hatte von ihm und seiner Publikation gehört, sie selbst veröffentlichte, redigierte und schrieb ein Konkurrenzblatt namens *Der Mensch lebt* doch *vom Brot allein*. In der Körperwärme ihrer ständigen Anwesenheit entwickelte er zwangsläufig wieder ein Interesse an seinen Muskeln, seinen Arterien und Nervenbahnen. Ja, er fand sogar Gefallen daran und drückte seine Wertschätzung und Begeisterung in witzigen kleinen Liedchen aus, die in *Der Mensch lebt* doch … erschienen.

die finger meines fleisches überschreiten
die transzendente seele mein
meine klammen schultern wolln sich weiten
ein ganzes werd ich durch die zähne sein

Durch Anstrengung seines Kopfes (der Krönung entschlossener Willenskraft) beförderte er sich feste Äpfel, Nüsse, Weizenkeime und Sojaöl in den Mund. Zu seinen alten Freunden sagte er: Von jetzt an halte ich meine fünf Sinne beisammen. Ich werde clean. Und werde eine spirituelle Tiefenatmungsreise unternehmen. Was ist mit dir, Mom?, fragte er freundlich.

Seine Bekehrung verlief so reibungslos und glanzvoll, dass die Nachbarschaftsjungs in seinem Alter sagten, er sei gar kein echter Junkie gewesen, nur ein Journalist, der eine gute Story gerochen habe. Die

Mutter versuchte mehrere Male, das aufzugeben, was jetzt ohne ihren Sohn und seine Freunde zur einsamen Sucht geworden war. Ihre Mühen brachten die Abhängigkeit aber nur auf ein erträgliches Maß. Der Junge und sein Mädchen nahmen ihren elektrischen Vervielfältigungsapparat und zogen an den grünen Rand eines anderen Bezirks. Sie waren sehr strikt. Sie sagten, sie würden sie erst wieder besuchen, wenn sie sechzig Tage lang von den Drogen runter sei.

Während die Mutter abends allein zu Hause war, las sie weinend immer wieder die sieben Ausgaben des *Oh, weißer Schnee!* Sie kamen ihr so stimmig vor wie eh und je. Wir sind oft über die Straße gegangen, um sie zu besuchen und zu trösten. Aber wenn wir eines unserer Kinder erwähnten, sei es am College, im Krankenhaus oder als Aussteiger zu Hause, schrie sie: Mein Kind! Mein Kind! und brach in schreckliche, gesichtsentstellende, zeitraubende Tränen aus. ENDE.

Mein Vater schwieg, dann sagte er: »Erstens: Du hast einen ausgeprägten Sinn für Humor. Zweitens: Ich sehe ein, dass du einfach keine normale Geschichte erzählen kannst. Deshalb vergeude nicht deine Zeit. Drittens:« – und das sagte er traurig – »Ich vermute, es bedeutet, sie war allein und blieb es auch, die Mutter. Ganz allein. Wahrscheinlich auch noch krank?«

Ich sagte: »Ja.«

»Arme Frau. Armes Mädchen, in eine Zeit der Narren geboren zu sein, unter Narren leben zu müssen. Und Ende. Ende. Du hattest recht, das hinzuschreiben. ENDE.«

Ich wollte nichts dagegen sagen, eines aber doch: »Es ist nicht zwangsläufig das Ende, Papa.«

»Doch«, sagte er, »was für eine Tragödie. Das Ende eines Menschen.«

»Nein, Papa«, sagte ich eindringlich. »Das muss es nicht sein. Sie ist erst um die vierzig. Im Laufe der Zeit und in dieser Welt kann sie noch alles Mögliche werden. Lehrerin oder Sozialarbeiterin. Manchmal ist ein Ex-Junkie da geeigneter als ein Diplom-Pädagoge.«

»Du machst wohl Witze«, sagte er. »Als Schriftstellerin ist das dein Hauptproblem. Du willst es nicht zugeben. Es ist eine Tragödie! Nichts als eine Tragödie! Eine historische Tragödie! Keine Hoffnung. Nur ENDE.«

»Ach, Papa«, sagte ich. »Sie kann sich ändern.«

»Das gilt auch für dein Leben, das kannst du nicht leugnen!« Er nahm ein paar Nitros. Dann sagte er: »Dreh auf fünf«, zeigte auf den Regler am Sauerstoffbehälter, steckte sich die Schläuche in die Nasenlöcher und atmete tief ein. Er schloss die Augen und sagte: »Nein.«

Ich hatte meiner Familie versprochen, ihm bei Streitgesprächen immer das letzte Wort zu lassen, doch in diesem Fall lag meine Verantwortung woanders. Die Frau wohnt in meiner Straße, mir gegenüber. Sie ist meine Erfindung, ich kenne sie. Sie tut mir leid. Ich lasse sie nicht einfach so weinend im Stich. (Das Leben würde das übrigens auch nicht tun, obwohl es im Gegensatz zu mir kein Mitleid kennt.)

Deshalb: Sie hat sich geändert. Natürlich kehrte ihr Sohn nie wieder nach Hause zurück. Aber jetzt arbeitet sie am Empfang eines Gesundheitszentrums im East Village. Die meisten Patienten sind junge Leute, manche alte Freunde. Der leitende Arzt dort hat zu ihr gesagt: »Wenn wir in dieser Klinik nur drei Leute mit Ihrer Erfahrung hätten ...«

»Das hat der Arzt gesagt?« Mein Vater nahm sich die Sauerstoffschläuche aus den Nasenlöchern und sagte: »Lächerlich. Du machst doch wieder nur Witze.«

»Nein, Papa, das könnte wirklich passieren, die Welt ist komisch heutzutage.«

»Nein«, sagte er. »Die Wahrheit ist doch: Sie wird rückfällig. Ein Mensch muss Charakter haben. Den hat sie nicht.«

»Doch, Papa«, sagte ich. »Es bleibt dabei. Sie hat einen Job. Vergiss es. Sie arbeitet im Gesundheitszentrum.«

»Bloß für wie lange?«, fragte er. »Eine Tragödie! So wie bei dir. Wann siehst du das ein?«

Die Einwanderergeschichte

Jack fragte mich: Ist es nicht schrecklich, überschattet vom Leid eines anderen Menschen aufzuwachsen?

Wahrscheinlich ja, antwortete ich. Aber wie du weißt, bin ich im Sommersonnenlicht der sozialen Aufstiegschancen groß geworden. Das hat die dunkle Trauer der Vorfahren schon sehr ausgebleicht.

Er redete weiter von seinem Leben. In so einem Fall ist man schließlich nicht selbst schuld. Für seine Veranlagung kann man nichts. Aber es regt einen auf. Man schleppt ewig diese Wut mit sich rum oder ab in die Klapse, einen anderen Ausweg gibt es nicht.

Was, wenn die Geschichte für den ganzen Kummer verantwortlich ist?, fragte ich.

Die grausame Geschichte Europas, sagte er. Auf diese Weise zeigte er ironischen Respekt für eines meiner üblichen Themen.

Wegen dieser grausamen Geschichte sollte die ganze Welt gegen Europa sein, Jack, und trotzdem auch für Europa, weil es nach ungefähr tausend Jahren vielleicht ein bisschen zur Vernunft gekommen ist.

Unfug, sagte er ganz sachlich, in tausend Jahren anhaltender imperialer Grausamkeit macht man sich unvermeidlich Feinde, aber wenn man diesen Feinden jetzt nur mit Vernunft ankommt, was dann?

Mein Lieber, niemand kennt die Macht der Vernunft. Man hat sie weder ausreichend weiterentwickelt noch ausreichend mit ihr experimentiert.

Ich versuche dir was zu sagen, erwiderte er. Also hör zu. Eines Tages wachte ich auf, und mein Vater lag schlafend im Kinderbett.

Wieso denn das?, fragte ich.

Meine Mutter hatte ihn gezwungen, in dem Gitterbett zu schlafen.

Kam das öfter vor?

Auf jeden Fall das eine Mal, als ich ihn gesehen habe.

Ich frage mich, warum, sagte ich.

Weil sie nicht wollte, dass er sie vögelte, sagte er.

Nein, das glaube ich nicht. Wer hat dir das gesagt?

Ich *weiß* es! Er zeigte mit dem Finger auf mich.

Das glaube ich nicht, sagte ich. Es sei denn, sie hat direkt hintereinander fünf Kinder gekriegt, oder sie müssen um sechs Uhr aufstehen, oder sie hassen sich. Die meisten Frauen schlafen gern mit ihren Männern.

Quatsch! Sie wollte, dass er sich schuldig fühlte. Warum war er bloß so ein Schlappschwanz?

Aber auf so eine Frage werde ich nie eingehen. Wenn eine solche Frage immer wieder ernsthaft vorgebracht wird, führt das vielleicht noch mal zur Zerstörung der ganzen Welt. Ich bedachte sie mit nachdrücklichem Schweigen.

Er sagte: Nein, es war das pure Elend. Ich sehe das Ganze grau in grau. Meine Mutter tritt ans Bett. Shmul, sagt sie, steh auf. Lauf zur Ecke und hol mir ein halbes Pfund Hüttenkäse. Dann geh in der Drogerie vorbei und hol mir einen Achtelliter Lebertran. Mein Vater, eingerollt wie ein alter grauer Fötus, schaut hoch und lächelt, lächelt – lächelt diese fiese Kuh an.

Woher willst du wissen, was da vor sich ging?, fragte ich. Du warst fünf Jahre alt.

Was glaubst du denn, was vor sich ging?

Ich sag's dir. So schwer ist das nicht. Jeder normal und pragmatisch denkende Depp kann dir das sagen. Jeder, in dessen Kopf nicht der Kompost von zehn Jahren unerbittlicher Analyse gärt. Jeder kann dir das erzählen.

Mir was erzählen?, brüllte er.

Der Grund, warum dein Vater im Kinderbett schlief, war schlicht und einfach, dass ihr, du und deine Schwester, die sonst darin schlieft, Scharlach hattet und die guten Betten mit mehr Platz zum Schwitzen gebraucht habt, wenn es zur Fieberkrise kam und es hieß: Gesund werden oder sterben.

Wer hat dir das erzählt? Er stürzte sich auf mich, als sei ich ein Feind.

Du elender Feind, sagte er. Du siehst immer alles in rosarotem Licht. Du mit deinem bescheuerten, rosaroten Gemüt. Du warst schon in der sechsten Klasse so. Einmal hast du drei amerikanische Flaggen mit in die Schule gebracht.

Das stimmte. Vor dreißig Jahren hatte ich den versammelten sechsten Klassen etwas verkündet. Ich hatte gesagt: Ich danke Gott jeden Tag dafür, dass ich nicht in Europa bin. Ich danke Gott, dass ich in Amerika geboren bin und in der East 172nd Street wohne, wo es an jeder Ecke ein Lebensmittelgeschäft, einen Süßwarenladen und eine Drogerie gibt, und in derselben Straße eine Schule und zwei Arztpraxen.

Die 172nd Street war eine Scheißgegend, sagte er. Alle außer euch lebten von der Fürsorge. Dreißig Leute hatten TB. Bis zum Krieg hungerten Amerikaner und Nichtamerikaner gleichermaßen. Aber Gottseidank zieht der Kapitalismus ab und zu einen Krieg aus dem alten Futtersack. Sonst wären wir alle tot. Haha.

Ich freue mich, dass dir Aktien, Wertpapiere und Bares nicht komplett das Gehirn gewaschen haben. Ich bin froh, dass du den Kapitalismus hin und wieder noch erwähnst.

Weil mein Freund Jack hyperintelligent war und ihm früh weicher Flaum im Gesicht und weiter unten spross, wurde er am Morgen seines zwölften Geburtstags unübersehbar zum Marxisten und Freudianer.

Und während er sich den Kopf mit immer mehr Ideen vollstopfte, zeigte ich immer mehr Flaggen. Achtundzwanzig Flaggen flatterten in verschiedenen Zimmern und Fenstern. Eine ließ ich mir auf den Arm tätowieren. Seit ich im mittleren Alter bin, ist sie blasser, aber dafür viel breiter.

Ich bin heute wahrscheinlich radikaler als du, sagte ich. Weil ich während der McCarthy-Inquisition nicht aus dem Beruf rausgeschmissen wurde, musste ich nicht in die freie Wirtschaft gehen und ein Vermögen machen.

Du blöde Ziege. Viele sind bis zum heutigen Tag ruiniert. Und zwar tolle Leute – Ingenieure, Lehrer … deren Leben ist zerstört.

Ich glaube, dass ich die Welt genauso klar sehe wie du, sagte ich. Eine rosarote Brille ist nicht schlimmer, als die Welt ständig schwarz zu malen.

Ja, ja, ja, ja, ja, ja, ja, sagte er. Kleine Geschichte gefällig? Dann hör zu:

Meine Mutter und mein Vater kamen aus einer kleinen Stadt in Polen. Sie hatten drei Söhne. Mein Vater beschloss, nach Amerika zu gehen, weil er 1. nicht zu den Soldaten, 2. nicht ins Gefängnis und 3. seine Kinder vor den täglichen Kriegen und üblichen Pogromen bewahren wollte. Mit Hilfe der Ersparnisse seiner Eltern, Onkel und Großmütter brach er im gleichen Jahr wie Hunderttausende andere auf. In Amerika, in New York City, war sein Leben hart, aber voller Hoffnung. Manchmal ging er auf der Delancey Street spazieren. Manchmal wie ein Junggeselle ins Theater auf der Second Avenue. Aber hauptsächlich legte er das Geld beiseite, damit er eines Tages seine Frau und Söhne herüberholen konnte. In der Zwischenzeit gab es in Polen eine

Hungersnot. Kein Hunger, wie ihn alle Amerikaner sechs-, siebenmal am Tag erleben, sondern eine Hungersnot, die dem Körper sagt, er soll sich selbst verzehren. Zuerst das Fett, dann das Fleisch und die Muskeln, zuletzt das Blut. Die Hungersnot verzehrte die Körper seiner kleinen Söhne ziemlich schnell. Mein Vater holte meine Mutter am Schiff ab. Er schaute ihr ins Gesicht, auf ihre Hände. Sie hatte kein Kleinkind auf dem Arm, auch an ihrem Rock zerrten keine Kinder. Sie trug ihr Haar nicht in zwei langen schwarzen Zöpfen. Über eine dunkle drahtige Perücke hatte sie ein Tuch gebunden. Sie hatte sich den Kopf geschoren, wie eine rückständige orthodoxe Braut, obwohl sie und ihr Mann wie die überwiegende Mehrheit der jungen Leute in ihrer Stadt überzeugte fortschrittliche Sozialisten gewesen waren. Er nahm sie bei der Hand und brachte sie nach Hause. Außer zur Arbeit oder zum Einkaufen ging der eine nie mehr ohne den anderen weg. Egal, wohin. Sie hielten einander auch bei der Hand, wenn sie sich zu Tisch setzten, sogar beim Frühstück. Manchmal tätschelte er ihre Hand, mal sie seine. Jeden Abend las er ihr die Zeitung vor.

Sie sitzen auf den Stuhlkanten. Er beugt sich unter das Licht der nackten Glühbirne und liest ihr vor. Bisweilen lächelt sie ein ganz kleines bisschen. Dann legt er die Zeitung hin und nimmt ihre Hände in seine, als brauchten sie Wärme. Und liest weiter. Direkt hinter dem Tisch und ihren Köpfen liegt die Dunkelheit der

Küche, des Schlafzimmers, des Esszimmers, die schattenhafte Dunkelheit, in der ich als Kind mein Abendessen gegessen und meine Hausaufgaben gemacht habe und zu Bett gegangen bin.

Die Langstreckenläuferin

Eines Tages, ich war um die zweiundvierzig, wurde ich Langstreckenläuferin. Obwohl ich korpulent und in vieler Hinsicht ungeeignet bin für derlei Sehnsüchte, wollte ich weit und schnell laufen, wenn auch nicht so schnell wie ein Fahrrad oder ein Zug und nicht so weit wie nach Taipeh oder Hingwen, die Inseln der schlitzäugigen Fotzen, wie Seeleute an Busbahnhöfen sagen, wenn sie über große Fahrten sprechen. Ich wollte nur im näheren Umkreis von der Küste zu den Brücken und ein paarmal über die alten Straßen des Viertels laufen, bevor das Alter und die Stadterneuerung mir und der Gegend ein Ende bereiteten.

Zuerst versuchte ich es auf dem Land, in Connecticut, das bewaldet und im Frühling immer voller Knospen ist. Alle Schöpfung braucht Geheimnis, oder? Deshalb trainierte ich in den weitläufigen, hügeligen Vororten, wo mich keiner kannte. Den ganzen Frühling rannte ich hin und her, zuerst zwischen blühenden Hartriegelsträuchern, dann zwischen Lorbeerbüschen.

Manchmal blieben die Leute stehen und fragten mich – eine Frau in Seidenshorts, die ihr nur halb über die fetten Oberschenkel reichten –, warum ich rannte.

Voll im Training, hielt ich zum Antworten nur an, wenn ich besonders eindringlich gefragt wurde. Ich trug ein weißes ärmelloses Unterhemd samt exzellenter Stütze, damit ich nicht die Aufmerksamkeit alter Männer und prüder Kinder erregte.

Dann kam der Sommer, und ich hatte genug Kraft in den Beinen. Ich küsste meine Kinder zum Abschied. Mittlerweile waren sie ganz schön groß. Die Zeit der Trennung nahte ohnehin. Ich sagte Mrs. Raftery, sie möge ab und zu bei ihnen vorbeischauen und ihnen von ihrem selbstgemachten irischen Fraß abgeben.

Ich sagte Richard und Tonto, sie könnten gehen, wann immer sie wollten. Geht, lebt euer eigenes Leben, sagte ich. Aber lasst mich da raus.

Weise Worte ..., sagte Richard.

Du bist deprimiert, Faith, sagte Mrs. Raftery. Dein Freund Jack, den du für die Krone der Schöpfung hältst, hat nicht angerufen, und deshalb bläst du jetzt Trübsal wie eine Zecke am Sonntag.

Bleib mir weg mit deiner dämlichen Küchenpsychologie, Raftery, murmelte ich. Ihre Augen füllten sich mit Tränen, typisch: Sie ist Küchenpsychologin von den Ballenzehen bis zum Dutt. So habe ich sie allmählich ins Herz geschlossen, sie geliebt, erfunden und ertragen.

Als ich die Wohnung verließ, fläzten sich die drei vor dem Fernseher, Richard, Tonto und Mrs. Raftery; sie guckten Nachrichten. Die bewegten Bilder bewiesen, dass es sehr wohl eine Reise zum Mond gegeben hatte und Afrika und Südamerika sich in einem furiosen Wolkenwirbel versteckten.

Ich sagte: Wiedersehn. Sie sagten: Ja, ja, okay, alles klar.

Wenn das so ist, vergesst es, brüllte ich und nahm die Independent nach Brighton Beach.

In Brighton Beach ging ich zu den Salty Breezes-Umkleidekabinen und zog mich um. Vor fünfundzwanzig Jahren hat mein Vater 500 Dollar in die Zukunft dieses Unternehmens investiert. Ja, er kassiert immer noch ungefähr drei Dollar fünfzig im Jahr, die (von Gesetzes wegen) direkt ans Children of Judea gehen, um dessen Defizit zu verringern.

Niemand achtete sonderlich auf mich, als ich, leicht und locker auf den Beinen, zu laufen begann. Zuerst lief ich auf der hölzernen Strandpromenade an der Stelle vorbei, an der meine Mutter immer die Flugblätter verteilt hat – zwischen einem Softeis-Stand und einer kümmerlichen Düne. Ihre Genossen hatten ihr aufgetragen, sich dort mit einfachem sozialistischem Sachverstand gegen die Fluten des brutalen amerikanischen Unternehmertums zu stemmen.

Ich wäre gern stehen geblieben, um den langen Strand zu bewundern. Stehen geblieben, um bewundernd über New York nachzudenken. Es gibt nicht viele verrottende Metropolen, die an ihren salzigen Rändern so sonnengebräunt, sandig und mit Städtern gesprenkelt sind. Aber ich hatte schon zu viel Leben damit verbracht, stehen oder liegen zu bleiben und zu schauen, dass ich jetzt entschlossen war zu rennen.

Nach etwa eineinhalb Meilen verließ ich die Promenade und trabte in mein altes Viertel. Ich lief gut. Atmete lang und tief. Dachte voller Stolz an meine gute Form.

Plötzlich war ich von etwa dreihundert Schwarzen umgeben.

Wen haben wir denn da?

Wer ist die?

Guckt sie an! Guckt doch mal! Habt ihr schon mal so einen fetten Arsch gesehen?

Das arme Ding. Mit der stimmt was nicht. Lasst sie, Jungs, ihr seid gemein.

Ich habe früher hier gewohnt, sagte ich.

Ah ja, sagten sie, in den alten weißen Zeiten. Die warn zu schlecht, die konnten gar nicht andauern.

Aber uns hat es hier gefallen. Wir sind nie zur Flatbush Avenue oder zum Times Square gefahren. Wir mochten unsere Straße.

Dein weißes Pech, jetzt ist sie schwarz.

Mir gefällt eure Sprache, sagte ich. Interessante Metaphern.

Jepp, die kommen uns beim Reden.

Meine Leute hatten auch eine bestimmte Art zu reden. Und vergesst die Iren nicht. Flottes Mundwerk.

Wer sind die?, sagte ein kleiner Junge.

Bullen.

Heute sind nicht nur Iren bei der Polizei, sagte ich.

Da haben Sie recht, meldeten sich zwei Frauen zu Wort. Jede Menge andere. Franzosen, Chinesen, Russkis, Kongolesen. Ach, Missy, Sie haben ja so recht.

Ich habe in dem Haus dort gewohnt, sagte ich. Dem Mietshaus. Mein ganzes Leben. Bis ich geheiratet habe.

Ach, das ist aber nett. In bloß einer Wohnung zu wohnen. Meine Mutter hat so in South Carolina gelebt. An einem Ort. Ihr Vater war Farmer. Sie hat immer gesagt, sie hatten zu essen. Egal, ob Winter, Krieg, schlechte Zeiten. Roosevelt. Tolle Sache! Ist das nicht wunderbar! Und es war nicht kalt! Die Bäume waren hoch.

In *der* Wohnung. Ich schaute hoch und zeigte hin. Dort. Im dritten Stock.

Alle schauten hoch. Na und? Du schwabbelige Hexe, sagte ein dunkler junger Mann. Er trug eine Hornbrille und hatte das intelligente Aussehen der Jungs vom City College, als ich sie mit achtzehn zum ersten Mal wahrnahm.

Er schien die anderen zu Verachtung und Zorn anzustacheln, selbst die Kleinsten, die sich auffallend verstohlen auf mich zubewegten und dabei sangen: Hexe, o Hexe! Aber ich glaube nicht, dass die kleinen Kinder was gegen mich hatten, denn sie stupsten mich mit dem Finger an und lachten.

Trotzdem, dachte ich, ist es klug, einen kühlen Kopf zu bewahren, und versuchte, bei den Fakten zu bleiben.

Ich sagte: Wie viele Blumennamen kennt ihr? Von Wildblumen, meine ich. Meine Leute kannten nur zwei. Das jedenfalls sagen sie heute. Ob reich oder arm, sie kannten nur zwei Blumennamen. Rose und Veilchen.

Gänseblümchen, sagte ein Junge sofort.

Gras, sagte ein anderer. Gut, auch eine Blume, dachte ich. Alle anderen verstanden den Scherz.

Steinbrech, Lupine, sagte eine Frau. Natternkopf, sagte eine kleine Pfadfinderin in mittelgrüner Uniform mit dunkelgrüner Schärpe. Sie hielt ein *Handbuch der Wildblumen* hoch.

Wie viele kennst du, dicke Mutti?, fragte ein Junge liebenswürdig. Dabei störte es ihn gar nicht, dass ich Mutti und dick war. Ich wandte meine gesamte Aufmerksamkeit ihm zu.

Ach, mein Junge, sagte ich, ich bin meinen Leuten meilenweit voraus. Allein an gelben kenne ich: Fingerkraut, Zahnlilie, Aronstab, Hahnenfuß und Sumpfdotterblume, Krauser Ampfer, Gelb- oder Hopfenklee, Wiesenhabichtskraut, Nachtkerzen, Rauer Sonnenhut, Goldaster, Herzblättriges Hechtkraut, das dicht am Wasser wächst oder sogar darin, und natürlich Löwenzahn, die habe ich alle selbst gesehen. Mit eigenen Augen.

Bei schönem Wetter, sagte ein Junge, kann man von der Promenade aus bis nach China sehen.

Ich kenne mehr Blumen als Länder. Heute sind die jungen Leute schon in vielen Ländern gewesen.

Ich nicht. Ich war nirgendwo.

Ich auch nicht, sagten ungefähr siebzehn Jungs auf einmal.

Ich darf nicht, sagte ein kleines Mädchen. Da sind betrunkene Junkies.

Aber *ich! ich!*, schrie ein großer schwarzer Jugendlicher, der sehr hübsch und gut gekleidet war. Ich bin Afrikaner. Mein Vater stammte von den gestohlenen Hochebenen. Ich war schon überall. Sechs Monate in Moskau, da habe ich Maschinenbau studiert. In Frankreich Französisch gelernt. In Italien habe ich mich mit der dortigen Renaissance beschäftigt und die Liebenswürdigkeit der Menschen erlebt. In England habe ich das englische Gewohnheitsrecht und den Verfall der Innenstädte studiert. Ich habe an der Konferenz der Schwarzen Jugend auf Kuba teilgenommen, um zu verstehen, wofür wir uns so leidenschaftlich einsetzen. Jetzt bin ich hier. Hier will ich Ingenieur werden und dann auf einem norwegischen Segelschiff um das Kap der Guten Hoffnung zu meinem Volk zurückkehren. Auf diese Weise lerne ich die feine alte Kunst des Segelns für den Fall, dass die Antriebskräfte der neuen Gesellschaft meines alten Binnenlandes versagen.

Danach senkte sich ein gewaltiges Schweigen auf uns. Dann sagte eine alte Dame in schwarzem Kleid mit hohem weißen Spitzenkragen zu einer anderen alten Dame, die genauso gekleidet war: Welch frohe Botschaft, dass jemand Hirn und nicht Fischsud im Kopf hat. Amen, sagten ein paar andere.

Warum gehen Sie nicht hoch zu Mrs. Luddy, die in Ihrer Wohnung wohnt, Sie da, meine Dame?, fragte mich die Pfadfinderin.

Na, die wird begeistert sein, wenn Sie bei ihr reinschneien, sagte einer mit sarkastischem Kichern.

Die hat Herzrasen. Ihr Mann, der macht ihr das.

Das ist nicht alles, er macht ihr auch Kinder.

Ich bringe Sie hin, sagte die Pfadfinderin. Ich heiße Cynthia und bin im Trupp 355, Brooklyn.

Ich bin nicht richtig angezogen, sagte ich und betrachtete meine wabbeligen Knie.

Sie sollten nicht so ein Unterhemd tragen, wo keine Teilnehmernummer und kein Mannschaftsname draufstehen. Es sieht wie ein Unterhemd aus.

Cynthia! Geh nicht mit ihr rauf, sagte ein tonangebender Junge. Die ist komisch im Kopf. Geh nicht mit ihr. Hörst du?

Lawrence, sagte sie ganz sanft, wenn du mir noch mal sagst, was ich tun soll, mach ich dich platt.

Der Dummkopf!, sagte sie selbstbewusst zu mir.

So wurde ich in den Flur des großen Hauses meiner Kindheit geführt.

An der ersten Tür, die ich sah, stand immer noch in abblätterndem Gold 1A. Hier wohnte der Hauswart, sagte ich. Er war ein Neger.

Wieso denn das? Cynthia machte ein erstauntes Gesicht. Wieso war der Hauswart ein Schwarzer?

Ach, Cynthia, sagte ich. Dann ging ich zur gegenüberliegenden vorderen Tür im Erdgeschoss, 1B. Ich erinnerte mich. Also, hier, das war Mrs. Goreditsky, eine ungeheuer beleibte Dame. Alle ihre Kinder starben bei der Geburt. Kaum geboren, schon eins, zwei, drei tot. Nach dem Fünften sagte Mr. Goreditsky, ich bring dir nur Pech, Tessie, und ging. Sieben Jahre lang schickte er ihr fünfzehn Dollar die Woche. Dann hörte man nichts mehr von ihm.

Ich kenne sie, die arme Frau, sagte Cynthia. Im vorletzten Sommer ist die Stadt gekommen und hat sie geholt. Man hat es daran gemerkt, dass es gerochen hat. Sie haben sie in ein Leinentuch eingewickelt. Sie kamen nicht durch die Wohnungstür, und ein Stück von ihr ist abgeschrappt. Mein Onkel Ronald sollte ihnen helfen, aber er gruselte sich zu sehr.

Vor zwei Jahren erst? Da war sie immer noch da! Hatte sie keine Angst?

Haben wir alle, sagte Cynthia. Haben die Weißen nicht für sich gepachtet.

Wer wohnte über ihr, fragte sie, in 2B? Im Moment wohnt meine beste Freundin Nancy Rosalind da. Sie hat zwei Brüder, und ihre Schwester hat geheiratet und ein Kind gekriegt. Sie hat sehr helle Haut. Ihre Mutter nicht. Bei uns hier gibt's alle Farben.

Deine beste Freundin? Komisch. Denn *meine* beste Freundin Joanna Rosen wohnte genau in der Wohnung.

Was ist aus ihr geworden?, fragte Cynthia. Hat sie auch so ein Laufhemd?

Also bitte, Cynthia, wenn du es wirklich wissen willst, erzähle ich es dir. Sie hat geheiratet, Marvin Steirs.

Wer ist das?

Ich zählte auf, was er alles erreicht hatte. Also, er ist Direktor eines großen Unternehmens, JoMar Plastics. Das Unternehmen besitzt eine Stahlfirma, einen Radiosender und einen brandneuen Fotokopierer, mit dem man fünfundzwanzig verschiedene Seiten auf einmal kopieren kann. Außerdem hat die Firma eine Stiftung, den JoMar-Fonds für Forschungen zum Naturschutz. So ist der Kapitalismus, sagte ich, will sich politisch nützlich machen.

Woher wissen Sie das? Sind Sie oft bei ihr zu Hause gewesen?

Nein. Zufällig habe ich erst letzte Woche alles über sie im Wirtschaftsteil gelesen. Ein anderes Leben, hab ich gedacht. Nichts weiter.

Jedem Tierchen sein Pläsierchen, sagte Cynthia.

Ich setzte mich auf die kühlen Marmorstufen und dachte an Joannas Cousin Ziggie. Er war älter als wir. Er schrieb ein Gedicht, in dem es hieß, wir seien hübsche Blumen und unsere Beine Blütenblätter, die die Natur auseinandertreiben würde, ganz egal, wie oft wir nein sagten.

Dann hatte ich noch etliche andere heimliche Gedanken, die ich einem Kind nicht mitteilen konnte, die meinem Gesicht aber bestimmt einen leeren, melancholischen Ausdruck verliehen.

Jetzt haben Sie das Interesse verloren, sagte Cynthia. Sie sagen ja gar nichts mehr. Wer wohnte in 2A? Wer? Jetzt wohnen zwei Männer dort, und die Weiber gehen dort ein und aus. Meine Mutter sagt: Achtung! Halt dich fern, mein Schatz, halt dich fern.

Ich weiß es nicht mehr, Cynthia. Wirklich nicht.

Müssen Sie aber. Warum sind Sie sonst gekommen?

Ich versuchte es. 2A. 2A. Waren es die Zwillinge? Ich fühlte mich in der Pflicht, als verleihe erst das Erinnern der Vergangenheit eine Existenz. So ist es aber nicht.

Cynthia, sagte ich, ich will nicht weitergehen. Ich will mich nicht mal erinnern.

Ach, kommen Sie, sagte sie und zog mich an den Shorts, wollen Sie denn nicht Mrs. Luddy sehen, die in Ihrer alten Wohnung wohnt? Das wäre doch nett, meinen Sie nicht?

Nein. Nein, ich will auch Mrs. Luddy nicht sehen.

Achten Sie gar nicht auf die Jungs unten. Mrs. Luddy wird Sie mögen. Ich meine, sie ist nett. Weiße mag sie zwar eigentlich nicht, aber Sie vielleicht schon.

Nein, Cynthia, das ist es nicht. Ich will die Wohnung meiner Eltern jetzt nicht sehen.

Ich wusste nicht, was ich sagen sollte. Deshalb fuhr ich fort: Weil meine Mutter tot ist. Das war gelogen, denn meine Mutter wohnt in ihrem eigenen Zimmer zusammen mit meinem Vater im Children of Judea. Mit der Hand auf dem sozialistischen Herzen liest sie jeden Morgen nach dem Frühstück die Zeitung. Dann sagt sie traurig zu meinem Vater: Jeden Tag das Gleiche. Sterben … sterben, sterben vom Morden.

Meine Mutter ist tot, Cynthia. Ich kann da nicht reingehen.

Ach … ach, die Arme, sagte sie und schaute mir in die Augen. O je, wenn meine Mutter sterben würde, wüsste ich nicht, was ich tun sollte. Selbst wenn ich so alt wäre wie Sie. Vielleicht würde ich mich umbringen. Die Tränen stiegen ihr in die Augen und rollten ihr über die Wangen. Was würde ich bloß tun, wenn meine Mutter sterben würde? Sie passt auf mich auf, sie lässt nicht zu, dass mich die Dealer kriegen. Sie hält mich fest. Sie versteckt mich in der Zedernholzkiste, wenn mein Onkel Rudford kommt und versucht, mich zu holen. Meine Mutter darf nicht sterben.

Cynthia, Liebes, sie stirbt schon nicht. Sie ist jung. Ich streckte den Arm aus, um das Mädchen zu beruhigen. Du könntest zu mir kommen und bei mir wohnen, sagte ich. Ich habe zwei Jungs, die sind fast erwachsen. Ich hätte immer gern ein Mädchen gehabt.

Was? Wie meinen Sie das jetzt? Ich soll mit Ihnen und Jungs zusammen leben? Sie riss sich los und rannte zur Treppe. Bleib mir vom Leib, du böse weiße Frau! Ich kenne die weißen Jungs. Sie versuchen nur, mir meine schwarze Weiblichkeit zu nehmen. Davon hat mir meine Mutter erzählt, Sie Hexe, behalten Sie Ihre bösen weißen Hexen-Jungs. Lassen Sie mich in Ruhe, Sie altes Luder. Hilfe, Hilfe, hört mich jemand, fing sie an zu schreien. Helft mir doch! Sie will mich mitnehmen.

Zitternd drückte sie sich an die Wand. Weil sie solche Angst vor mir hatte, war ich zu eingeschüchtert, um zu sagen: Liebes, ich tu dir nichts, ich bin's. Ich hörte ihre Beschützer, die Stimmen großer Jungs, die ihr zu Hilfe eilten und schrien: Wir kommen, wir kommen, halt durch, wir kommen. Ich rannte an Cynthias Angst vorbei zur Treppe und hinauf ins nächste Stockwerk, zwei Stufen auf einmal. Ich kam zu meiner ehemaligen Tür. Ich klopfte wie der Vermieter, laut und furchterregend.

Meine Mama ist nicht da, sagte eine Kinderstimme. Nein, nein, sagte ich. Ich bin's! Eine Frau! Ich werde verfolgt, lass mich rein. Meine Mama ist nicht da, ich darf niemandem aufmachen.

Ich bin's!, schrie ich in panischer Angst. Mama! Mama! Lass mich rein!

Die Tür ging auf. Eine schmale Frau, deren Alter ich nicht erfinden konnte, schaute mich an. Sie sagte: Kommen Sie rein und machen Sie die Tür zu, aber richtig. Sie packte mich fest am Arm. Dann verriegelte sie die Tür selbst. Diese Penner sind hinter Ihnen her. Die bringen mich immer auf hundertachtzig. Versteck die weiße Dame, Donald. Schieb sie unter dein Bett, du hast ein hohes Bett.

Ach, lassen Sie nur, schon gut, sagte ich. Ich fühlte mich sicher und zu Hause.

Das hier ist meine Wohnung, sagte sie. Sie tun, was ich sage. Bei der kleinsten Kleinigkeit schmeiß ich Sie raus.

Ich duckte mich unter die vollgepinkelte Matratze eines kleinen Kindes. Dann hörte ich das Klopfen. Vorsichtig und respektvoll. Meine Mama hat gesagt, ich darf nicht aufmachen. Donald!, rief jemand. Donald!

Nein, nein, sagte er. Ich kann nicht. Sie verhaut mich. Ihr kennt sie. Sie hat mich heute Morgen schon verdroschen. Ich mach nicht auf.

Ich lebte drei Wochen in der Wohnung, bei Mrs. Luddy, Donald und drei ungefähr gleich alten kleinen Mädchen. Ich fragte sie zum Spaß, ob zwei irische Zwillinge seien. Irisch sind die nicht, sagte sie.

Fast jeden Morgen weckten die Kinder uns gegen Viertel vor sieben. Wir gaben ihnen die Flasche und schliefen noch mal bis acht. Dann machte ich Kaffee, und Mrs. Luddy wickelte sie. Eine Weile lang stank es richtig. Zu dem Zeitpunkt sagte ich meist: Hör mal, wirklich vielen Dank, aber ich glaube, ich muss gehen. Ja, ich geh mal besser. Dann sagte sie meist: Wie du meinst, aber *ich* glaube, du gehst nicht. Wenn sie richtig sauer war, sagte sie: Na, mach schon! Hau ab! Wenn du willst! *Ich* glaube, ich habe jetzt so viel Gestank von einer weißen Dame eingeatmet, dass sogar ein Pferd daran ersticken würde. Na, los, geh doch!

Wenn ich dann zur Tür ging, hörte ich immer Stimmen. Es ist mir peinlich, aber ich muss zugeben, dass ich Angst kriegte. Trotz meiner geografisch weitreichenden Liebe zur Menschheit überfielen mich vor Ort doch Ängste.

Hinter all dem Gehen und Dochnichtgehen verbarg sich eine tief empfundene Wahrheit. Es *war* meine Wohnung, in der ich vor langer Zeit mit meiner Familie gelebt hatte. Im Badezimmerfußboden war eine Kachel, die ich höchstpersönlich zerbrochen hatte, als ich meinem Bruder Charles, der sich, verschlafen und mit halberhobenem Schwanz in der Unterhose, rasierte, einen Hammer auf den Zeh fallen ließ. Erstaunen und Erkenntnis packten mich genau dort zum ersten Mal. In der Küche war es ähnlich. Dort stand der in unserer gesellschaftlichen Klasse übliche Resopaltisch, leicht sauber zu halten, mit dreieckigen Unterlegstückchen aus Holz, die bedürftigen, alten Kakerlaken, die es nicht mehr bis zum Spülbecken schafften, Obdach boten. (Es war aber nicht unser Tisch, den habe ich geerbt, ramponiert, wie er war.)

Das Wohnzimmer sah nicht viel anders aus als unseres, nur hatten wir weniger Plastik. Wahrscheinlich gab es damals weniger Plastik auf der Welt. Meine Mutter legte außerdem überall wunderschöne Kissen hin, auf Betten und Sessel. Auf diese Weise drückte sie sich künstlerisch aus; abends stickte sie oder nähte geblümte Baumwollstoffstreifen in den feinsten Mustern auf gewöhnlichen weißen oder blauen Musselin, so wie Frauen stets haufenweise Stoffe bis zu den allerletzen Fetzen benutzten, um zu sagen: Das ist mein Zuhause.

Genau, sagte Mrs. Luddy.

Natürlich, sagte ich, haben Männer diese Betätigungsmöglichkeit nicht. Deshalb treiben sie sich so viel rum.

Bis sie genug getrunken haben und sich ausruhen müssen, sagte sie.

Ja, sagte ich, das sieht man im großen Stil überall auf der Welt. Erst erschaffen sie etwas, dann ermorden sie es. Dann schreiben sie ein Buch darüber, wie interessant es war.

Da ist was dran, sagte sie. Manchmal sagte sie aber auch: Mädchen, du hast doch keinen blassen Schimmer.

Oft saßen wir am Fenster und schauten hinaus und nach unten. Auf der Fensterbank kam immer wieder ein kleiner Windhauch auf. Der gleißende Nachmittag lag um die Ecke, die Straße hoch.

Du sagst Männer, sagte sie. Im Sinne von wahren Männern?

Vier Stockwerke unter uns lungerten ungefähr ein Dutzend Leute auf der Türschwelle, um sie herum Zerstörung. Einen Moment bitte, sagte ich. Ich hatte unterwegs beim Rennen schon Zerstörung gesehen, hatte ein paar von den Steinchen in den Laufschuh bekommen und den Staub davon in die Augen. Mit der entrüsteten Höflichkeit einer Bürgerin hatte ich gedacht: Das ist eine Schande für mein geliebtes New York, durch das ich so gern laufe.

Doch nun, von den Kommandohöhen meines Zuhauses aus, sah ich es noch deutlicher. Das Mietshaus, in dem Jack, mein alter und derzeitiger Freund, aufgewachsen und zum ewigen Pessimisten geworden war, war zerstört, zuerst durch Feuer, dann durch Abriss (eine schwingende Stahlkugel schlägt Schlafzimmer und Küchen kurz und klein). Durch das Werk dieser Stahlkugel hatten wir mehrere Straßen zur Seite und eineinhalb Straßen nach vorn freie Aussicht. Der schräge Typ Eddie – sein Haus stand noch, die berühmte Nummer 1434, aber ausgeweidet, schwarze Fensterrahmen, ohne Scheiben und mit nackten Balken. Tragende Balken sind hartnäckig! In den untersten Stockwerken wohnten noch ein paar Leute oder Familien. Auf den Brachen dazwischen lagen ein paar alte Sofas mit den prallen Oberseiten nach unten und mit in die Luft gereckten Sprungfedern. Wie im Krieg hatte ein halbes Dutzend Götterbäume bereits die ersten Zentimeter Erde gefunden und einen Angriff des Lebens auf die toten Höfe gestartet. Nachts, das wusste ich, streunten Tiere dort herum, schrien und heulten, wütende New Yorker Hunde und Straßenkatzen und riesige Ratten. Man hätte denken können, man wäre im Bear Mountain Park, was für ein Horror, sich hinauszuwagen.

Da sollte mal jemand sauber machen!, sagte ich.

Mrs. Luddy sagte: An wen hast du gedacht? An Mrs. Kennedy? –

Donald machte ein ernstes Gesicht. Er sagte: Genau! Wenn ich groß bin, mach ich das. Dann hol ich den Mann von der Stadtreinigung und zeig es ihm. Siehst du das, du fetter Spaghettifresser, mach das sofort sauber! Donald stampfte mit den Füßen auf und kniff wütend die Augen zusammen.

Mrs. Luddy sagte: Komm her, du kleiner Nigger. Sie küsste ihn oben auf den Kopf und gab ihm gleichzeitig einen kräftigen Klaps auf den Hintern.

Derart ermuntert, sagte Donald: Seht doch bloß mal alle raus! Macht schon, schaut hin! Obwohl wir es schon gesehen hatten, taten wir ihm den Gefallen und schauten hinaus. Auf der Türschwelle lungerten Männer und Jungs herum, lehnten an der Wand, sprangen herum, standen abwechselnd erst auf dem einen, dann auf dem anderen Bein, zogen sich die Socken aus und kratzten sich an den Zehen, redeten, hockten sich auf den Hintern, senkten die Köpfe, dösten.

Donald sagte: Seht sie euch an. Die haben keine Selbstachtung. Sie haben Afros *auf* dem Kopf, aber keine Ahnung, dass sie *im* Kopf schwarz sind.

Ich fand, er sollte lernen, mehr Mitgefühl aufzubringen. Ich sagte: Es gibt Gründe, warum Menschen so sind.

Ja, Ma'am, sagte Donald.

Wie kommt's eigentlich, dass du nie runter gehst und mit den anderen Kindern spielst, wieso bist du so viel hier oben?

Weil meine Mama was dagegen hat. Manche von denen sind schlecht. Schlecht. Ich könnte drogensüchtig werden. Ich muss mich fernhalten.

Ja, weil du zu blöd bist, sagte Mrs. Luddy.

Ich glaube, er sollte mehr mit Kindern seines Alters zusammen sein.

Das ist er in der Schule, Miss. Und wenn ich bitten darf, kümmer du dich um deine Angelegenheiten.

Mrs. Luddy ging übrigens auch nicht oft auf die Straße. Donald erledigte alle Einkäufe. Sie ließ höchstens den Kontrolleur von der Fürsorge rein, auch der Gasmann durfte in die Küche kommen und den Zähler ablesen. Ich sah ihn aus dem Hinterzimmer, wo ich mich versteckte. Immerhin holte sie sich ihren Scheck ab und löste ihn ein. Kam zurück, um die kleinen Mädchen zu baden, ihnen die Windeln zu wechseln, Kleidung zu waschen, zu bügeln, allen was zu essen zu geben, und wenn sie mal eine freie halbe Stunde hatte, setzte sie sich ans Fenster und wartete.

Ich glaubte, sie hielt Ausschau nach einem bestimmten Mann und wartete auf ihn. Ich wollte mit ihr darüber sprechen, liebevoll wie eine Schwester. Doch bevor ich offen sagen konnte: Vergiss das Arschloch, er ist ein Schwein, musste ich offen über mich selbst reden, über meine Kinder, die Väter, Ehemänner, Durchreisende, Abendgefährten und das Leben meines Vaters und meiner Mutter, an genau diesem Nachmittagsfenster in diesem Zimmer.

Ich erzählte ihr zum Beispiel, dass ich mir in den schlimmsten Zeiten ein ganz schlichtes sinnliches Vergnügen gegönnt hatte. Frischkäse zum Frühstück. Ja, das ließ ich mir nicht nehmen und enthielt meinen Kindern dafür manchmal sogar Kleidungsstücke und Nahrung vor.

Mädchen, du hast doch echt keine Ahnung, sagte sie.

Dann redete sie eine Zeitlang sanft mit mir wie mit jemandem, der vor lauter Doofheit unschuldig und unzurechnungsfähig und deshalb unbestechlich ist. In schlechten Zeiten gönnte sie sich zwei solcher besonderen Vergnügen, sagte sie. Als erstes Männer, aber die sind auch nicht mehr das, was sie mal waren, die weißen Frauen haben die Besten verdorben, ihnen den Floh ins Ohr gesetzt, ihre Schwänze wären aus purem Gold. Das zweite Vergnügen, das sie ausprobiert hatte, war Alkohol. Ich trinke gern, sagte sie. Man muss einfach etwas für sich haben, was Eigenes nur für sich selbst. Dann sagte sie: Aber man kann keinen Jungen zu einem anständigen Menschen aufziehen, wenn man jeden Abend beduselt ist.

Weiß oder schwarz, sagte ich und kam auf die Männer zurück, sie meinen, sie kämen mit einem seltenen Geschenk, dabei ist es nur Sex, der doch so alltäglich ist wie Brot, allerdings lebenswichtig.

Hm, man kann auch ohne auskommen, sagte sie. Es gibt Leute, die können das.

Ich sagte, Donald verdient nur das Beste. Ich liebte ihn. Falls er Fehler hatte, merkte ich es kaum. Es gehört zu meinen Überzeugungen, dass Kinder keine Fehler haben, selbst die schlimmsten Kinder nicht.

Donald war hochintelligent – wie meine Jungs –, aber er war umgänglicher. Aus dem Grund beschloss ich gleich zu Beginn meines Aufenthalts in der Familie, ihm sofort das Lesen beizubringen. Ich kündigte an, wir würden mit Büchern und Zeitungen arbeiten. Er ging sofort in die Stadtbücherei und brachte ein paar echte Wälzer mit, um mir eine Freude zu machen. *Schwarze Volkserzählungen* von Julius Lester und *Der Krieg der fliegenden Händler*, der von einem anderen Stadtteil handelt, aber trotzdem passt.

Donald war immer einer Meinung mit mir, wenn wir über Lesen und Schreiben redeten. Als ich über Gedichte sprach, sagte er sogar, er wisse alles darüber, denn David Henderson, ein bekannter schwarzer Dichter, habe seine Klasse besucht, als er in der Zweiten war. Donald, stellte sich heraus, war meiner naseweisen Zunge weit voraus. Im Allgemeinen war er viel mit Einkaufen beschäftigt. Er musste auch dauernd Fratzen schneiden, um die ernsten kleinen Mädchen zum Lachen zu zwingen. Doch wenn wir auf Poesie zu sprechen kamen, hatte er jederzeit das passende Gedicht zum jeweiligen Anlass oder Gesprächsthema parat und war damit ganz auf der Höhe, in die wir uns begeben hatten.

Ein Beispiel: Morgens hatte seine Mutter gesagt: Uff, ich hab genug von Pisse und Windeln und Wäsche. Ich will mich einfach nur an das Fenster da setzen und ausruhen. Er schrieb ein Gedicht:

Hab zu viel verpisste Windeln
und Wäsche und Wäsche
will mich nur ans Fenster setzen
und rausschaun
  da ist nichts.

Donald, sagte ich, du bist fantastisch! Ich werde dich nie vergessen. Vergiss du mich bitte auch nicht.

Du machst zu viel Gewese um ihn, sagte Mrs. Luddy. Er erinnert sich ja schon nicht mehr an seine Großmutter, dabei war die einmalig, nie kam ein Fluch über ihre Lippen.

Ich erinnere mich sehr gut, Mama, doch, doch. Sie liegt im Bett, genau dort. Ein Mann steht in der Tür. Sie sagt: Esdras, ich verfluche dich. Ab morgen wird's schlimmer. Wieso sagt sie so was?

Gomorrha, ich glaube, Gomorrha, sagte Mrs. Luddy. Sie kennt die Bibel in- und auswendig.

Hat sie bei euch gewohnt?

Nein, nein, sie war auf Besuch hier. Wollte uns Kinder alle besuchen und sehn, wie's uns geht. Sie wollte auch ein bisschen die Stadt angucken. Dann legt sie sich hin und stirbt. Sie war alt.

Zum Gedenken an die toten Mütter schwieg ich. Mrs. Luddy schaute mich nachdenklich an, dann sagte sie:

Meine Mutter hatte viele Geschichten zu erzählen. Damit bin ich groß geworden. Ihre eigene Mutter war noch ganz klein und unbedarft. Stand den ganzen Tag in der Tür ihrer Hütte und lutschte am Daumen. Das war zu Sklavenzeiten. Eines Tages kommt ein junger Feldsklave angerannt. Er klopft an die Tür der ersten Hütte und brüllt: Schwester, komm raus, es ist Freiheit. Sie kommt raus. Sie sagt: Yeah? Wann? Er sagt: Jetzt! Jetzt ist Freiheit! Dann klopft er an die nächste Tür und sagt: Schwester! Es ist Freiheit! Jetzt! Er rennt von einer Hütte zur anderen und schreit: Schwester, endlich frei!

Ah, an die Geschichte erinnere ich mich, sagte Donald. Endlich frei! Endlich frei! Er sprang auf und ab.

An gar nichts erinnerst du dich, Junge. Geh, hol Eloise, sie will auch bei dem Spaß dabei sein.

Eloise war zwei, aber zu klein für ihr Alter. Wir haben sie so gekriegt, sagte Donald. Mrs. Luddy ließ mich Eis und grünes Gemüse für sie kaufen. Sie wartete auf Kohl und Mangold, aber es war zu früh dafür. Der Kohl mag die Kälte. Im November bist du nicht mehr hier, sagte sie. Nein, nein. Ich drehte mich weg, Einsamkeit erfasste mich, und ich sang unser Eloise-Lied:

Die Bienen liebt Eloise
Ihr Summen auf der Wiese
wie das von Eloise

Dann krabbelte Eloise auf dem splittrigen Boden herum und summte laut.

Ach, du verrücktes Baby, sagte Donald, summ, summ, summ.

Mrs. Luddy setzte sich ans Fenster.

Ihr macht alle viel Lärm, sagte sie traurig. Ihr seid nichts als Krachmacher.

Am nächsten Morgen weckte sie mich.

Zeit zu gehen, sagte sie.

Wie bitte?

Nach Hause.

Was?, sagte ich.

Na, meinst du nicht, deine verwöhnten kleinen Jungs weinen sich die Augen nach dir aus? Wo ist Mama? Die stehen bestimmt am Fenster. Zeit zu gehen, gute Frau. Das hier ist kein Gratisurlaub auf dem Bauernhof. Zeit, dass wir mal wieder ein bisschen für uns sind.

Ach, Mama, sagte Donald, man bemerkt sie doch kaum. Nimm mal Eloise, brüllt sie. Und halt den Mund.

Sie bot mir keinen Kaffee an. Sie schaute mich die ganze Zeit streng an. Ich versuchte, sie auch streng anzuschauen, aber es gelang mir nicht, weil mir ihr Anblick so gefiel.

Donald war den Tränen nahe, doch erst im Moment

des Abschieds an der Tür wagte ich es, ihn direkt anzuschauen. Dann küsste ich ihn ein bisschen zu ungestüm auf den Kopf und sagte: Gut, dann bis bald.

Auf der Schwelle vor der Haustür lungerten, wie üblich am Vormittag, etwa ein halbes Dutzend Erwachsene und Kinder verschiedener Familien herum, die darüber stritten, wer aus welchem Fenster Müll gekippt hatte. Sie waren stinksauer aufeinander.

Zwei junge Männer in wunderschönen Dashikis standen an der Straßenecke, beratschlagten und waren sich schnell einig. Sie warfen sich gegenseitig die Stichworte zu. Wie kommt's, dass weiße Frauen vergammelte Zähne haben? Und so alt aussehen? Eine junge Frau, die an der Ampel wartete, sagte: Psst …

Ich ging an ihnen vorbei und fing erst an zu laufen, als die Straße irgendwo auf den Ocean Parkway hinausging. Ich war ein wenig steif, denn mein Lebensstil hatte mir kaum Bewegungsfreiheit gewährt, ein gelegentliches Strecken, um ein Messer oder eine Teekanne außer Reichweite der kleinen Mädchen zu bringen. Ich rannte ungefähr zehn, fünfzehn Straßen weit. Dann bekam ich meinen zweiten Wind, der typisch und unter Läufern berühmt ist: Man fängt an zu fliegen.

In den drei Wochen, die ich nicht auf der Straße gewesen war, war Joggen plötzlich beliebt geworden. Ich hatte gedacht, dass ich allein diesem Zeitvertreib gefrönt hatte, aber nun war der zufällig das Angesagteste, das ich hätte tun können. Ist ja in Amerika meist so.

Zwei junge Männer liefen auch tatsächlich fast eine Meile neben mir her. Sie begleiteten mich schweigend und bogen an der Avenue H ab. Ein Herr mit Schnurrbart, der in die Gegenrichtung trabte, winkte mir zu und rief laut: Hallo, Señora.

Kurz vor zu Hause lief ich durch unseren Park, wo ich meine Kinder an Wochenenden und Spätsommernachmittagen gelüftet hatte. Am Spielplatz blieb ich bei einem Dutzend junger Mütter an der Nordostecke stehen, die sehr umsichtig mit ihren Kleinen umgingen. Damit sie wussten, was auf sie zukam – und ich meinte es nicht mal böse –, sagte ich: In fünfzehn Jahren seid ihr Mädchen genau wie ich, habt alles falsch gemacht.

Zu Hause war Samstagmorgen. Jack war zurückgekommen und schaute grimmig drein wie eh und je, aber er hatte immerhin Bargeld und einen Staubsauger mitgebracht. Während der Kaffee durchlief, zeigte er Richard, wie man den Staubsauger benutzte. Sie spielten Drei gewinnt auf der staubigen Wand.

Richard sagte: Ach! Sieh an, wer da ist! Hallo!

Gibt's was Neues?, fragte ich.

Ein Brief von Daddy, sagte er. Aus der Gegend der Seen und Gewässer in Chile. Er sagt, es ist wie Minnesota.

Er ist nie in Minnesota gewesen, erwiderte ich. Wo ist Anthony?

Hier, sagte Tonto und kam herbei. Aber ich bin gerade am Gehen.

O ja, sagte ich. Natürlich. Jeden Samstag beeilt er sich mit dem Frühstück oder lässt es ganz aus. Er besucht seine Freunde in den Anstalten, so bekannten Orten wie Bellevue, Hillside, Rockland State, Central Islip und Manhattan. Für diese Besuche braucht er den ganzen Tag und manchmal noch die halbe Nacht.

Ich fand ein paar Kekse mit Schokosplittern in der Speisekammer. Nimm sie, Tonto, sagte ich. Ich kenne fast alle seine Freunde, seit sie kleine Jungs und Mädchen waren und immerzu hopsten, sprangen, hüpften und Kekse aßen. Er wurde ärgerlich. Er sagte: Nein! Die Kantinen dort sind voll von Schokokeksen. Was ist mit Geld?

Jack ließ den Staubsauger fallen. Er sagte: Nein! Wozu haben sie Eltern?

Ich sagte: Hier, fünf Dollar für Zigaretten, für jeden einen.

Zigaretten!, sagte Jack. Verdammt noch mal! Schwarze Lungen und Tod! Krebs! Emphysem! Er stürmte schnaubend aus der Küche, nahm das Fahrrad aus dem Hinterzimmer und fuhr zum Central Park, der für Autos geschlossen, aber für Fahrradfahrer geöffnet ist. Als Jack ungefähr zehn Minuten weg war, sagte Anthony: Eigentlich ist der Park nur sonntags auf.

Warum hast du das denn nicht gesagt? Warum kannst du nicht anständig mit Jack umgehen?, fragte ich. Mir ist das wichtig.

Ach, Faith, sagte er und tätschelte mir den Kopf,

denn so groß ist er geworden. Die viele frische Luft ist gut für seine Lungen. Und seine Muskeln! Er ist ja bald zurück.

Du solltest auch fahren, sagte ich. Ich will nicht, dass du Pudding in den Beinen kriegst. Einmal in der Woche solltest du schwimmen gehen.

Ich habe keine Zeit, sagte er. Ich muss mich mit meinen Freunden treffen.

Dann kam Richard, der unter seinem Bett gestaubsaugt hatte, in die Küche. Immer noch da, Tonto?

Zum Ersten, zum Zweiten, zum Dritten – weg bin ich, sagte Anthony.

Hör mal, sagte Richard, hier ist ein Brief. Der ist für Judy, falls du es bis nach Rockland schaffst. Vergiss ihn ja nicht. Vor allem mach ihn nicht auf und lies ihn nicht. Ich weiß, er liest ihn.

Anthony lächelte und knallte die Tür zu.

Bin ich dünner geworden?, fragte ich. Ja, sagte Richard. Du siehst gut aus. Aber schlecht hast du sowieso nie ausgesehen. Wo warst du? Ich bin die gekochten Kartoffeln von der Raftery dermaßen leid. Wo warst du, Faith?

Ja!, sagte ich. Also … Ich bin ein paar Wochen in meiner alten Wohnung gewesen, wo Großvater und Großmutter und ich, Hope und Charlie gewohnt haben, als wir klein waren. Ich bin vor langer Zeit mal mit euch dort hingegangen. Nicht weit vom Meer, wo Großmutter dafür gesorgt hat, dass wir in viel Sonne und Luft gesund aufwuchsen.

Worüber redest du da?, sagte Richard. Hör auf mit dem Kinderkram.

Anthony kam abends früher nach Hause als erwartet, weil einige seiner Freunde in der Schocktherapie waren und ein anderer ausgebüchst. Er hörte mir eine Weile lang zu. Dann sagte er: Ich weiß auch nicht, was sie da redet.

Auch Jack wusste es nicht, trotz des innigen Verständnisses, das die Liebe nach einer langen Abwesenheit oft hervorruft. Er sagte: Erzähl es mir noch mal. Er war guter Laune. Er sagte: Du kannst es mir sogar noch zweimal erzählen.

Ich erzählte die Geschichte noch einmal. Was? Wie bitte?, sagten alle.

Es ist ja auch nicht so selbstverständlich. Oder haben Sie schon mal gehört, dass das heute noch passiert? Eine Frau mit der Energie ihrer besten Jahre läuft und läuft. Sie findet die Häuser und Straßen ihrer Kindheit. Sie lebt dort. Als wäre sie noch ein Kind, lernt sie, was der Welt noch alles bevorsteht.

Interview mit Grace Paley (1978)*

Gibt es Fragen, die man Ihnen nicht stellen sollte?
Das sage ich Ihnen, wenn Sie eine stellen.

Wie läuft's im Moment mit dem Schreiben?
Das ist eine solche Frage.

Hilft Ihnen das Unterrichten nicht?
Nein, es kostet viel Zeit. Andererseits ist mir der Umgang mit jungen Leuten sehr wichtig. Ich möchte nicht nur wissen, was in meiner Welt, sondern auch, was in ihrer Welt passiert. Das Unterrichten bietet dafür eine wunderbare Gelegenheit.

Gibt es außer Ihrer Lehrtätigkeit noch andere Dinge, die Ihrem Schreiben in die Quere gekommen sind und kommen?
Mein politisches Engagement, vor allem in der Anti-Vietnamkriegsbewegung, aber das würde ich jederzeit

* Celeste Conway, Elizabeth Innes-Brown, Laura Levine, Keith Monley und Mark Teich: »Grace Paley Interview« (1978), gekürzte Fassung. Erstabdruck der vollständigen Fassung in: *Columbia, A Magazine of Poetry and Prose* 2 (1978), zitiert nach: *Conversations with Grace Paley*, ed. by Gerhard Bach, Blaine H. Hall, Jackson: University Press of Mississippi, 1997, S. 3–13.

wieder tun. Auch meine Kinder haben mich vom Schreiben abgehalten, doch selbst, als sie erwachsen waren, hatte ich noch ein paar schlechte Angewohnheiten. Ich war auch vorher schon leicht abzulenken. Das ist ein generelles Problem von Frauen meiner Generation – abgesehen von denen, die sich durch nichts und niemanden stören lassen.

Sie sehen sich selbst – und Frauen allgemein – aber nicht als Opfer?
Nein, die Opferrolle wird den Frauen oft aufgedrängt. Frauen werden unterdrückt, aber sie sind keine Opfer. Ich sehe sie als sehr stark und beobachte immer wieder, wie sie sich wehren.

In vielen Ihrer Geschichten scheinen die Frauen den Männern moralisch überlegen zu sein. Sie tragen die Verantwortung, während die Männer sich entziehen.
Stimmt, so sehe ich es auch. Viele meiner Freundinnen aus der Kindertagesstätte, in der meine Kinder waren, wurden verlassen, einfach mit den Kindern sitzen gelassen. Folglich waren sie angebunden und überlastet, und manchen ging es auch richtig schlecht. Die Männer wiederum konnten tun und lassen, was sie wollten, wodurch sie andererseits aber auch buchstäblich haltlos wurden.

Haben Sie nicht mal geschrieben, dass Männer Glücksgefühlen nicht trauen?
Die Frauen meinten, sie könnten ihre Männer mit den Kindern glücklich machen, aber diesem Glück misstrauten die Männer – vielleicht, weil es weder mit Freiheit noch mit Karriere zu tun hat. Viele Frauen sehen das mittlerweile ähnlich und trauen dieser Art von Glück auch nicht.

In Ihren Geschichten spielt die Figur Faith immer wieder eine Hauptrolle. Gibt es einen Zusammenhang zwischen den Namen »Faith« und »Grace«?
Manches habe ich vor einer ganzen Weile geschrieben, und inzwischen kommt es mir ganz schön naiv vor. Aber ich werde es nicht mehr los. Figuren Faith, Hope und Charlie zu nennen, fand ich mal witzig, doch jetzt finde ich es dämlich und kann nicht mal was dagegen tun. Wie zum Beispiel Charlie im Krieg sterben zu lassen.

Identifizieren Sie sich mit Faith?
Eigentlich nicht. Ich habe ganz anders gelebt. *Sie* hatte die zwei Ehemänner, die keine Eier mochten (»Gebrauchte-Jungs-Großzieher«) – nicht ich; sie war eine gute Freundin von mir. Wir waren oft zusammen im Washington Square Park, und ich bin in vielem einer Meinung mit ihr. Sie gehörte zu den Frauen, für die ich mich Mitte der fünfziger Jahre interessierte. Sie waren – was heute viel üblicher ist – alleinerziehende Mütter,

während ich ein klassisches Familienleben mit Tochter, Sohn, Ehemann führte.

In welcher Ihrer Geschichten kann man Ihre eigene Stimme am deutlichsten hören?
In »Gespräch mit meinem Vater«. Das ist beinahe, als ob ich mich wirklich mit meinem Vater unterhielte, aber es geht dennoch um eine erfundene Situation.

In dieser Geschichte streiten Sie sich mit Ihrem Vater: Er möchte, dass Sie geradlinige Geschichten mit einem Anfang, einer Mitte und einem Ende schreiben, und Sie sagen, dass Ihnen solche Geschichten nicht mehr gefallen. Finden Sie, dass die Geschichte eine Veränderung Ihrer Erzählweise vom ersten Buch, Die kleinen Widrigkeiten des Lebens, *bis zu diesem widerspiegelt?*
Dazu was zu sagen, bin ich nicht die Richtige.

Finden Sie geradlinig erzählte Geschichten heute überflüssig?
Nein. Bestimmte Geschichten muss man auf diese Weise erzählen, je nachdem, was man sagen will. Wenn geradliniges Erzählen überhaupt überflüssig wird, dann, weil wir uns andere Techniken angeeignet haben. Wir haben vom Film und seinen Möglichkeiten des Schnitts gelernt. Außerdem ist die Welt heute kleiner, und wir müssen nicht mehr so viel erklären. Ein bestimmtes Wissen kann man voraussetzen.

Ihr zweites Buch ist direkter als das erste, man findet leichter in die Geschichten hinein. Die Anfänge der Geschichten im ersten Buch enthalten oft komprimiertere, schwierigere Bilder und sind oft dichter konstruiert. Haben Sie die Anfänge in diesem bewusst anders gestaltet?
Nicht bewusst, aber vielleicht wollte ich Verschiedenes ausprobieren und Geschichten unmittelbarer, einfacher beginnen lassen. Sie sind über einen Zeitraum von zehn Jahren entstanden, es gibt welche von 1963 und welche von 1972, daher sind sie sehr unterschiedlich. Ich bringe selbst beim Erzählen gern unterschiedliche Menschen, Sprachen und Ereignisse zusammen und überlasse es den Lesern, sich einen Reim darauf zu machen. »Die Einwanderergeschichte« zum Beispiel ist ganz einfach, aber ich wusste lange nicht, wie ich sie schreiben sollte – ich habe 25 Jahre dafür gebraucht. Nachdem ich schon zwanzig Jahre daran gearbeitet hatte, bin ich auf eine Seite daraus gestoßen und wusste endlich, dass sie in die richtige Richtung ging. Manchmal funktioniert es nur so. Man muss das Glück haben, die richtige Form, das richtige Gefäß zu finden.

Mit anderen Worten: Sie schreiben so lange, bis das, was Sie als Idee herüberbringen wollen, steht, und halten sich dann nicht weiter damit auf, wie man sie formal gestalten oder als was man sie bezeichnen sollte?
Ja, darum kümmere ich mich weniger. Ich schreibe Ge-

schichten. Wenn man einfach nur Dinge erfindet – ist das eine Geschichte? Oder wenn man, was einen selbst interessiert, persönliche Erlebnisse, einarbeitet – ist das eine Geschichte? Ist es trotzdem Fiktion? Ich finde schon.

Der Schriftsteller Ronald Sukenick hat einmal gesagt, Autoren sollten zugeben, dass Fiktion immer Lüge ist.
Wahrheit, Lüge, darüber kann man sich lange streiten. Ich betone immer, dass ich die Wahrheit sage. Er sagt, dass er lügt – dabei machen wir beide mehr oder weniger das Gleiche. Ich bin überzeugt, dass ich etwas Wahres sage, wenn ich Erfundenes sammle. Sonst würde ich es nicht tun. Wenn man über Ronalds Ansatz zu lange nachdenkt und auf dem Wort Lüge beharrt, nimmt man dem, was man tut, die Ernsthaftigkeit.

Ihre Geschichten sind also für Sie wahr, aber manchmal erinnern Sie ja Ihre Leser auch wie nebenbei daran, dass sie es mit einem fiktiven Text zu tun haben. (...)
Das gehört zum Schreiben dazu, das ist nichts Besonderes. (...) An vielem, wovon ich erzähle, ist etwas Wahres dran, aber vieles ist frei erfunden und, soweit ich weiß, in diesem Leben noch nie vorgekommen. Aber wahrscheinlich ist es *doch* geschehen. Als Autor bietet man dem Leser Möglichkeiten an. Wenn man über einen bestimmten Park und einen bestimmten Baum und das Leben mit bestimmten Leuten schreibt – warum soll dann nicht auch jemand in dem Baum gesessen haben?

Haben Sie lange gebraucht, bis Sie sich frei genug fühlten, um mit Geschichten zu spielen?
Ich habe ja erst angefangen, Prosa zu schreiben, als ich über dreißig war. Meine ersten drei Geschichten waren »Das Preisausschreiben«, »Auf Wiedersehen und viel Glück« und »Frauen, jung und alt«. Und ich glaube schon, dass sie viel Erfundenes enthalten. Aber eines sage ich Ihnen: Im »Preisausschreiben« spiele ich zwar mit der Sprache, aber ich hatte eine Heidenangst, als ich es schrieb. Es war nah an der Realität, am wirklichen Geschehen. Quasi nebenan. Es geht um Ereignisse, die bei den Nachbarn über uns abliefen, mein Mann und ich waren als Zuschauer unmittelbar dabei. Ich hielt mich an den gesamten Verlauf des Dramas und traute mich nicht, von Tatsachen abzuweichen. Irgendwann gelang es mir aber doch.

Anfangs haben Sie Gedichte geschrieben. Haben Sie da so mit Sprache gespielt wie beim Schreiben von Prosa?
Nein, eher weniger.

Fühlten Sie sich beim Schreiben von Gedichten eingeengt?
Ich habe zugelassen, dass es mich eingeengt hat. Beim Schreiben von Gedichten habe ich ausgedrückt, was ich fühle, aber es hat mir nicht dabei geholfen, die Welt, in der ich lebte, zu verstehen. Ich entwickelte eine Definition, die wohl immer weniger zutrifft, je mehr Poesie

auf der Welt entsteht: Poesie ist ein Weg, zur Welt zu sprechen, während Prosa ein Mittel ist, durch das die Welt zu mir sprechen kann. Es hat eine ganze Weile gedauert, bis ich Prosa schreiben konnte, weil ich meine Themen trivial fand. Nach dem Zweiten Weltkrieg handelten viele Romane vom Krieg und von Psychiatrie und Psychotherapie und dem ganzen Zeug. Nichts davon hatte irgendetwas mit meinem Leben zu tun. Ich hatte einen Teilzeitjob, ich schmiss den Haushalt, kümmerte mich um die Kinder und glaubte, alle Frauen lebten so. Ich fand es trivial und für andere uninteressant, obwohl es mir keine Ruhe gelassen hat. Diese Unruhe – es ist immer Unwohlsein, das einen antreibt – führte schließlich dazu, dass ich mich keinen Deut mehr darum scherte, und dann begann ich richtig zu schreiben.

Die Texte in Ungeheure Veränderungen in letzter Minute *haben eine fast lyrische Qualität, jede Zeile ist für sich bedeutsam. Meinen Sie, dass das eine generelle Entwicklung in der Prosa ist, vielleicht weil der Plot ausgedient hat, oder hat es einfach damit zu tun, dass Lyrik in Ihrem Leben eine so große Rolle gespielt hat?*
Ja, Lyrik spielt eine große Rolle in meinem Leben. Am Anfang war ich Lyrikerin, aber obwohl ich lange und hart an meinen Gedichten gearbeitet habe, gelangen sie nicht recht. Durch das lyrische Schreiben musste ich Sprache immer mit sehr viel Bedacht und liebevoller

Aufmerksamkeit verwenden. Wenn man Prosa schreibt, muss man oft eine sehr schmucklose Sprache verwenden, so dass nicht jede Zeile bedeutungsvoll erscheint. Dabei ist natürlich immer jede Zeile bedeutungsvoll. Sie muss nicht immer was Schweres oder Tiefgründiges haben. Aber wenn Leute etwas erzählen wollen – von Literatur wollen wir erst mal nicht reden –, verwenden sie automatisch stets die richtige Sprache und die richtigen Worte. Vor allem alte Menschen, die nicht mehr viel Zeit haben. Je nachdem gibt es eine natürliche Wahl der Sprache, eine Ökonomie des Erzählens. Und niemand lebt außerhalb seiner Zeit oder seiner Kultur. In einer Kultur langer und ausführlicher Geschichten erzählt man eben solche. Innerhalb einer jeden Kultur erzählt man die Geschichte, die man – jemandem – erzählen möchte, auf die richtige Weise.

Ihre Geschichten sind also in einer mündlichen Tradition geschrieben?
Was die Erzählweise angeht, ja.

Haben Sie jemand Bestimmtes im Kopf, dem Sie erzählen?
Nein, eigentlich nicht. Ich habe wahrscheinlich bestimmte Leute im Kopf, aber selbst wenn nicht, würde ich trotzdem »sprechend« schreiben. Ich lese beim Schreiben laut, weil ich auf den Klang achte. Eines der Probleme beim Schreiben ist die Trennung von gespro-

chenem Wort und geschriebenem Text. In den Vereinigten Staaten sollte es keine solche Trennung geben. In anderen Ländern wie in Frankreich oder Griechenland ist die geschriebene Sprache sehr niveauvoll, sehr formell. Wenn sie zum Beispiel in Prüfungen verwendet wird, unterscheidet sie sich sehr von der gesprochenen. Gewöhnliche Sterbliche sind kaum in der Lage, intellektuelle Fragen zu stellen. Aber da es diese Sprachbarriere bei uns nicht gibt, sollte sich das Schreiben immer mehr unserer alltäglichen Art zu sprechen annähern.

Ein Kritiker hat sich sofort beschwert, dass Ihr zweites Buch zu politisch ist. Finden Sie es politischer als Ihr erstes?
Ich will doch hoffen, dass es politisch ist. Ich finde es gut, wenn es so ist, ich bin ja absolut dafür. Am liebsten wäre mir, es wäre noch politischer. Mit politisch meine ich alles, was von den Verhältnissen von Menschen in einem Staat handelt, von ihrem normalen Alltag, ihren normalen Nöten und Problemen. Ich glaube, dieser Kritiker hat nicht bemängelt, dass die Geschichten politisch sind, sondern dass ich politisch viel zu aktiv war, als dass ich so gute Storys hätte schreiben können.

Glauben Sie, dass Ihre Storys eher etwas beschreiben, als dass sie aufklären?
Darüber denke ich nicht nach.

Haben Sie Angst davor, dass Ihnen eine Geschichte zu sehr zum Lehrstück gerät?
Warum? Ich meine, wer entscheidet, was schön ist? Wer sagt zu einer bestimmten Zeit, was als schön gilt? Warum sollte man nicht ein reines Lehrstück schreiben? Das wäre doch möglich.

Würden Sie jemals einen Roman schreiben? Sie sagten einmal, Sie schrieben Kurzgeschichten, weil das Leben kurz sei.
Ich hätte schon Interesse daran, einen Roman zu schreiben. Ich bin nicht desinteressiert.

Aber im Moment schreiben Sie keinen.
Wenn ich etwas schreibe, weiß ich nicht, wie lang es wird, wie viel ich kürzen werde. Es sei denn, ich habe es schon lange im Kopf und weiß, dass es genau drei Seiten werden, weil ich es quasi schon beendet habe. Eine Geschichte, die ich vor Kurzem geschrieben habe, hat etwa dreißig Seiten – und sie hatte ursprünglich noch dreißig weitere, die ich rausgeworfen habe.

Die Welt um Faith und die anderen erinnert an den fiktiven Schauplatz Yoknapatawpha County *in Faulkners Erzählungen und wirkt, als ob ein Roman schon angedacht wäre. Manche Geschichten beziehen sich sogar auf vorherige. Wenn Sie einen Roman schreiben würden, würden diese Figuren darin vorkommen?*

Ich weiß nicht. Ich glaube, fast alles, was man schreibt, erschafft eine Welt, in der die Dinge, die einen interessieren, passieren können. In der sich die Geschichte der eigenen Zeit ebenso abspielen kann wie das Leben von Menschen, mit dem man bestimmte Ideen herüberbringen möchte. Das macht mir Spaß. Es fühlt sich an, als lebten diese Menschen wirklich, und man fühlt sich verpflichtet, sie nicht einfach verschwinden zu lassen. Als Kind habe ich allerdings wahnsinnig gern Geschichten gelesen, in denen jemand verschwindet und dann wieder auftaucht.

Als Sie angefangen haben, über diese Figuren zu schreiben, wussten Sie da schon in etwa, was ihnen zustoßen würde, oder hat sich das erst allmählich entwickelt?
Das hat sich beim Schreiben entwickelt. Mal so, mal so. Aber da Sie Faulkner erwähnen: Ich glaube nicht, dass die Leser gewöhnt sind, New York so zu sehen wie *Yoknapatawpha County*. Ich habe in diesem Teil von Greenwich Village mein ganzes Erwachsenenleben verbracht. Davor habe ich in der Bronx gelebt, in dem Haus, in dem ich geboren wurde. Ich fühle mich stark verwurzelt, ich habe nie woanders gelebt als in New York. Ich habe in unterschiedlichen Wohnungen gewohnt; hier, auf der anderen Straßenseite, in der 15th Street, in der 9th Avenue, wo die meisten Geschichten mit Ginny und Raftery spielen, eine irisch geprägte Gegend. Ich sehe die Welt also schon in ähnlicher Weise wie Faulkner.

Leute tauchen immer wieder auf, all die Frauen um die dreißig mit den kleinen Kindern, die ich kannte, als 1959 mein erstes Buch erschien. Ich kenne sie immer noch. Viele von ihnen gibt es immer noch. Deswegen gibt es in meinem Leben keine Rastlosigkeit, von der früher viel die Rede war. Die Leute gehen weg, kommen aber auch wieder zurück. Ich glaube, viele Menschen leben eigentlich beständig, da bin ich nicht die Einzige. Viele Leute in verschiedenen Gegenden leben so. Aber man setzt sich nicht genug damit auseinander. Was mich interessiert, ist das ganz normale, alltägliche Leben der Leute, die ich kenne.

Beruhen die Ereignisse in der Geschichte »Das kleine Mädchen« in Ungeheure Veränderungen in letzter Minute *auf dem Leben von Leuten, die Sie kennen?*
Ja, der Typ, der sie erzählt, ist ein guter Freund von mir. Er hat mir die Geschichte erzählt, zweimal. Ziemlich genau so.

Waren Sie sich bewusst, dass es wie ein Puffer wirkt, Carters Geschichte von einem älteren schwarzen Mann erzählen zu lassen? Wenn eine weiße Frau oder ein weißer Mann davon erzählt hätten, wie ein schwarzer Mann ein weißes Mädchen vergewaltigt, hätte das ganz andere Implikationen gehabt.
Er ist ja nicht bloß der Erzähler. Ich habe die Geschichte so gestaltet, weil es nicht nur Carters ist, sondern auch

die Geschichte des Erzählers. Es geht um seine Trauer darüber, dass das unbeschwerte Leben am Washington Square vorüber ist.

Das war ganz schön riskant.
Und wie! Keiner wollte die Geschichte. Allerdings wollte auch keiner die Geschichten aus meinem ersten Buch, außer »Das Preisausschreiben« und »Auf Wiedersehen und viel Glück«. Die wurden in *Accent* veröffentlicht, der Zeitschrift der Universität von Illinois. Keiner kaufte Geschichten einer unbekannten Autorin. Vielleicht wurden sie nicht mal geprüft.

Doch als *Die kleinen Widrigkeiten des Lebens* eine Weile raus waren, wurden die neuen Geschichten sofort genommen, nur eben »Das kleine Mädchen« nicht. Diese Geschichte hat die Redakteure total verschreckt, sie haben sich alle möglichen Gründe aus den Fingern gesogen, sie nicht zu nehmen. Schließlich habe ich sie mal vor Publikum gelesen, weil ich sehen wollte, ob etwas nicht damit stimmte. Sie las sich gut. Sie war vollkommen in Ordnung, sie war genau richtig.

Ihre Geschichten spielen in der Stadt, sie handeln von Leuten, die dort Wurzeln geschlagen haben. Würden Sie »Die schwebende Wahrheit« als Ausnahme betrachten?
Nein, das ist auch eine Geschichte aus dem Viertel. Nur anders erzählt. Es geht um die Arbeit, um mich und jede junge unverheiratete Frau, die eine vernünftige Ar-

beit haben will. Und ehrlich gesagt, geht es um einen typischen Village-Kerl, jemanden, der irgendwie versucht, mit Anstand durchzukommen, ohne zu sesshaft zu werden – also lebt er im Auto.

In dieser seltsamen Geschichte verändert sich alles ständig (zum Beispiel wechselt der Name des Mannes im Laufe der Erzählung ein paarmal), und Sie schreiben symbolischer als in anderen Geschichten. Das zeigt schon der Titel: »Die schwebende Wahrheit«. Deutet sich darin eine neue Richtung in Ihrem Schreiben an?
Ich glaube, ich mag es eher nur halb irreal, wie etwa in der Geschichte »Politik«. Etwas wie »Die schwebende Wahrheit« würde ich wohl nicht noch einmal schreiben. Obwohl ich nichts dagegen habe.

Trotzdem probieren Sie auch in diesem Buch viele Formen, die weniger realistisch sind, Experimente wie »Leben«, wo die Metaphern fast die Geschichte beherrschen.
Ja, aber ich experimentiere nicht bewusst. Ich nehme mir nicht vor: »Aah, jetzt schreibe ich mal eine experimentelle Geschichte.« Selbst bei »Die schwebende Wahrheit« war ich mir nicht explizit darüber im Klaren, dass ich so etwas schreibe. Ich finde es nicht reizvoll, das Schreiben auf diese Weise anzugehen. Ich verwende zwar verschiedene Formen, aber das tue ich, weil ich die jeweilige Geschichte so am besten erzählen kann, nicht,

weil ich mit Formen experimentieren will. Die großen Experimente, die noch ausstehen, betreffen nicht die Form, sondern den Erzählgegenstand.

Glauben Sie, um die erzählende Literatur im Allgemeinen steht es gut?
Weiß ich nicht. Darüber denke ich nicht nach.

Keine Panik wegen des Sterbens des Romans?
Nein! Das ist großer Quatsch. Das behaupten Kritiker. Die zerbrechen sich den Kopf über Literatur, und deshalb interessiert sie so etwas.

In »Die Einwanderergeschichte« sagt der Erzähler im Grunde zu Jack, dass er gestört ist, weil in seinem Kopf »der Kompost von zehn Jahren unerbittlicher Analyse gärt«. Meinen Sie, dass das Selbstanalytische an New York dem Schreiben schadet?
Tja, das könnte sein. Ich bin gegen zu viel Psychologie. Ich nutze jede Gelegenheit, um Seitenhiebe gegen sie auszuteilen. Wenn es irgendwas auf der Welt gibt, das vorschreibt, wie man die Dinge zu sehen hat, das einschränkt und einem Scheuklappen verpasst, dann ist es die Psychologie. Ich hatte Psychologie-Dozenten, die zu Studenten mit sehr guten Geschichten gesagt haben, ihre Figuren hätten sich in Wirklichkeit nie so verhalten. Damit macht man jegliche Geschichtsschreibung und das Schreiben von Geschichten zu-

nichte – obwohl es die Literatur lange vor der Psychologie gab.

Sind die Geschichten in Ihrem Buch in einer bestimmten Reihenfolge angeordnet?
Nein. Eher in der Reihenfolge, in der ich sie geschrieben habe. Die Eddie-Teitelbaum-Geschichte »Zeiten, in denen wir uns alle zum Affen machten« war eine späte Geschichte, wahrscheinlich die letzte, die ich für das erste Buch geschrieben habe. Und »Die Langstreckenläuferin« in *Ungeheure Veränderungen in letzter Minute* war auch eine späte Geschichte. Andererseits war »Wünsche« das auch. Ich weiß nicht. Ich lege eine Reihenfolge fest und spiele eine Weile damit herum, und dann ändere ich sie und mache alles wieder rückgängig.

Wie wenn man Leute an einen Tisch setzt.
Ja. Man hofft, dass sie sich verstehen.

Gibt es eine Geschichte, die Sie besonders mögen?
Wenn jemand zu mir sagt: »Was stimmt mit dieser Geschichte nicht?«, dann ist das meine Lieblingsgeschichte.

Leben und Werk

1922 Geboren am 11. Dezember in der Bronx als drittes und letztes Kind von Manya Ridnyik und Isaac Goodside, die 1906 aus der Ukraine in die USA einwanderten.

1938 Bricht die Highschool ab und schreibt sich am Hunter College ein, wird aber wegen häufiger Fehlzeiten exmatrikuliert; besucht außerdem zeitweise das City College, die New York University sowie die Merchants and Bankers Business and Secretarial School.

um 1940 Nimmt an einem Kurs von W. H. Auden an der New School for Social Research in Manhattan teil. Er liest ihre Gedichte und ermutigt sie dazu, ihre eigene Stimme in der Alltagssprache, die sie hört und spricht, zu finden; Veröffentlichung mehrerer Gedichte in der College-Zeitung.

1942 Am 20. Juni Heirat mit Jess Palcy, einem Fotografen und Filmemacher, dem sie in etliche Armeestützpunkte in der Nähe von Chicago und Miami Beach folgt; zeitgleich Veröffentlichung einiger ihrer Gedichte in der Zeitschrift *Experiment*; nach Kriegsende Rückkehr ins Greenwich Village.

1944 Tod der Mutter.

1949 Im September Geburt der Tochter Nora.

1951 Im Mai Geburt des Sohnes Danny.

1956 Veröffentlichung ihrer ersten Erzählung »Goodbye and Good Luck« (»Auf Wiedersehen und viel Glück«) in *Accent: A Quarterly.*

1958 Veröffentlichung von »The Contest« (»Das Preisausschreiben«) in *Accent.*

1959 Veröffentlichung ihres ersten Erzählbandes *The Little Disturbances of Man* (*Die kleinen Widrigkeiten des Lebens*) bei Doubleday.

1960 Gründung des Greenwich Village Peace Center mit Nachbarn, Mitgliedern der Eltern-Lehrer-Gruppe der Bezirksschule Nr. 41. Die Gruppe protestiert gegen Zivilschutzübungen, Atombombentests, das New Yorker Luftschutzbunker-Programm und die amerikanische Politik in Vietnam; Veröffentlichung von »Faith am Nachmittag« in der Zeitschrift *The Noble Savage*.

1962 Veröffentlichung von »Die alte Leier« in der Zeitschrift *Genesis West*.

1965 Beginn ihrer Lehrtätigkeit im Rahmen der General Studies an der Columbia University; Veröffentlichung von »Leben« in der *Genesis West*.

1966 Beginn ihrer Lehrtätigkeit am Sarah-Lawrence-College in Bronxville, New York; unterrichtet Kreatives Schreiben, meist in Teilzeit, etliche Jahre aber auch in Vollzeit, um mehr Geld zu verdienen. Diese Tätigkeit wurde ihr aufgrund einer Empfehlung von Dozenten angeboten, mit denen sie im Jahr 1965 an Lehrer- und Autorenkonferenzen teilgenommen hatte. Verhaftung am Armed Forces Day wegen ihrer Teilnahme an einer Sitzblockade auf der Fifth Avenue gegen die Stationierung von Pershing-Raketen und Marschflugkörpern in der BRD.

1967 Trennung von Jeff Paley und Auszug aus der Wohnung in der 11th Street; Veröffentlichung von »Ganz einfach« in *The Atlantic* und »Spielplatz, Nordostseite« in der Zeitschrift *Ararat* sowie »Faith im Baum« in der *New American Review*.

1968 Informationsreise mit anderen Autoren, Geistlichen, Juristen und Professoren, allesamt Vietnamkriegsgegnern, nach Frankreich und Schweden zu einem Treffen mit Kriegsdienstverweigerern; Veröffentlichung von »Samuel« und »Die Bürde des Mannes« im *Esquire* sowie »Come On, Ye Sons of Art« im *Sarah Lawrence Journal* und »Politik« in der Zeitschrift *Win*.

1969 Reise mit einer kleinen Gruppe von Friedensaktivisten nach Vietnam, um dort drei Kriegsgefangene in Empfang zu nehmen und nach Hause zu begleiten; ihre Erzählung »Ganz einfach« wird für die renommierten *Prize Stories of 1969: O. Henry Award* ausgewählt.

1970 Preis des National Institute for Arts and Letters für ihre Kurzgeschichten.

1971 Veröffentlichung von »Gespräch mit meinem Vater« in der *New American Review* sowie »Wünsche« und »Schulden« in *The Atlantic*.

1972 Scheidung von Jeff Paley; Heirat mit Bob Nichols am 26. November in der Judson-Kirche im Greenwich Village, wo er Stücke für das dortige Poets' Theater schreibt; Tod des Vaters; im Oktober Teilnahme am Weltfriedenskongress in Moskau als Mitglied der War Resisters League (Vereinigung der Kriegsgegner); Veröffentlichung von »Ungeheure Veränderungen in letzter Minute« in *The Atlantic* und »Die Einwanderergeschichte« in der Zeitschrift *Fiction*.

1974 Im Frühjahr dreiwöchige, vom väterlichen Erbe finanzierte Reise nach China mit Bob Nichols und einer vom *Guardian* gesponserten Gruppe; Veröffentlichung ihres zweiten Erzählbandes *Enormous Changes at the Last Minute* (*Ungeheure Veränderungen in letzter Minute*) bei Doubleday Dell; Veröffentlichung von »Das kleine Mädchen« in der *Paris Review* und »Die Langstreckenläuferin« im *Esquire*.

1975 Schreibt regelmäßig eine Kolumne mit dem Titel »Conversations« für *Sevendays*; Reise nach Paris zum Treffen mit vietnamesischen Abgesandten bei den internationalen Friedensverhandlungen als Vertreterin der War Resisters League.

1978 Verhaftung mit den »White House Eleven« wegen Anbringung eines Anti-Atomwaffen-Banners auf dem Rasen des Weißen Hauses, ihr werden ein Bußgeld von 100 Dollar sowie eine sechsmonatige Bewährungsstrafe auferlegt.

1980 Aufnahme in die American Academy of Arts and Letters.

1982 Die Maiausgabe der Literaturzeitschrift *Delta* ist Grace Paley gewidmet.

1983 Verfilmung von drei Erzählungen in der Adaption von John Sayles unter dem Titel *Enormous Changes at the Last Minute*; Beginn ihrer Lehrtätigkeit am City College New York.

1985 Veröffentlichung ihrer ersten Gedichtsammlung *Leaning Forward* bei Granite Press; Veröffentlichung ihres dritten Erzählbandes *Later the Same Day* (*Am selben Tag, später*) bei Farrar, Straus & Giroux; Reisen nach El Salvador und Nicaragua mit einer Gruppe von MADRE, einem Bündnis von Frauen aus Nord- und Zentralamerika, die gegen die US-amerikanische Südamerikapolitik protestieren.

1986 Nominierung für den PEN/Faulkner-Award for Fiction für *Later the Same Day* (*Am selben Tag, später*); Auszeichnung mit der Edith Wharton Citation of Merit am 10. Dezember durch das New York State Writers Institute, das sie zum ersten *Author in Residence* des Staates New York macht. Diese Position ist mit einem hoch dotierten Zweijahresstipendium verbunden.

1987 Auszeichnung mit dem renommierten Senior Fellowship des Literaturprogramms des National Endowment for the Arts, vergeben zur »Unterstützung und Förderung von Autoren, die durch ihr künstlerisches Lebenswerk einen wesentlichen Beitrag zur amerikanischen Literatur geleistet haben«. Anschließend erstmaliger Besuch in Israel als Delegierte einer internationalen Konferenz von Autorinnen; sie wird Mitbegründerin des Jewish Women's Committee to End the Occupation of the West Bank and Gaza; die War Resisters League ehrt sie im Dezember zu ihrem 65. Geburtstag mit einem feierlichen Bankett.

1988 Emeritierung vom Sarah-Lawrence-College.

1989 Veröffentlichung von *365 Reasons Not to Have Another War*, eines Friedenskalenders der War Resisters League.

1991 *Long Walks and Intimate Talks*, eine Essay- und Gedichtsammlung mit Illustrationen von Vera Williams, erscheint bei der Feminist Press.

1992 Veröffentlichung von *New and Collected Poems*, ihrer zweiten Gedichtsammlung, bei Tilbury House.

1993 Auszeichnung mit dem Rea Award for the Short Story.

1994 Veröffentlichung von *The Collected Stories*, den 45 Erzählungen ihrer bisherigen drei Erzählbände, bei Farrar, Straus & Giroux.

1996 Lesung im Rahmen der Arts and Letters Live Series im Dallas Museum of Art.

2007 Stirbt am 22. August in Vermont, wo sie zuletzt mit ihrem Mann Bob Nichols lebte.

Glossar

»Schulden«

Welfare Island

Welfare Island war von 1921–1973 der Name der heutigen Roosevelt Island, einer Insel im East River zwischen den Stadtteilen Manhattan und Queens. Damals befanden sich dort Kranken-, Armen- und Waisenhäuser, eine psychiatrische Anstalt und ein Gefängnis. Ab Mitte des 20. Jahrhunderts wurden diese Einrichtungen weitgehend in andere Stadtteile verlegt, ein Wohngebiet errichtet, die Insel umgestaltet und schließlich nach dem 32. Präsidenten der Vereinigten Staaten, Franklin D. Roosevelt, umbenannt.

Zio

Zio ist das italienische Wort für Onkel.

»Ganz einfach«

Queen Mary
Die RMS Queen Mary war von 1936–1967 als Passagierschiff unter britischer Flagge im Einsatz und nach Maria von Teck, der Frau von George V., benannt. Während des Zweiten Weltkriegs wurde das Schiff als Truppentransporter eingesetzt, da es aufgrund seiner hohen Geschwindigkeit nahezu unangreifbar für deutsche U-Boote war.

»Faith am Nachmittag«

Yentas
Das jüdische Wort für Klatschtante, abgeleitet von dem weiblichen Vornamen Yente.

durch die Horney-Brille
Karen Horney (1885–1952) war eine deutsch-amerikanische Psychoanalytikerin und Ärztin, die sich vor allem mit der Theorie der Weiblichkeit und dem Gebiet der Neurose beschäftigte. Horney gilt wegen ihrer Kritik an der Theorie des Penisneids als erste bedeutende feministische Stimme in der Psychoanalyse.

Irgun
Die Irgun Tzwa'i Le'umi (»Nationale Militärorganisation«) war von 1931–1948 eine terroristische zionistische Untergrundorganisation. Ziel der Irgun war die Gründung eines jüdischen Staates innerhalb des britischen Mandatsgebiets. Sie spaltete sich 1931 von der paramilitärischen Organisation Hagana in Palästina ab und führte Anschläge gegen die britische Mandatsmacht und die palästinensischen Araber durch.

»Die alte Leier«

Greenwich House
Das Greenwich House ist ein Nachbarschaftszentrum in New York. Es wurde 1902 gegründet, um die steigende Zahl der Einwanderer im Alltag zu unterstützen. Neben kulturellen, schulischen und sozialen Angeboten wurde 1964 die erste offizielle Beratungsstelle für Suchtkranke in dem Haus eröffnet, wenige Jahre später wurden auch Methadon- und AIDS-Programme angeboten.

Hudson Guild
Die Hudson Guild ist eine soziale Einrichtung in Chelsea. Gegründet wurde sie 1985, um den zahlreichen Einwanderern, die im umliegenden Industriegebiet arbei-

teten, bei ihren Problemen zu helfen. Mit Kinder- und Jugendbetreuung, allgemeinen Freizeitangeboten, Beratungsstellen, therapeutischen und kulturellen Veranstaltungen besteht die Einrichtung bis heute.

„Leben"

Gebt mir Freiheit, oder ich gebe euch den Tod
Anspielung auf den Schlusssatz einer berühmten Rede von Patrick Henry (1736–1799), einem prominenten Vertreter der amerikanischen Unabhängigkeitsbewegung. Der Satz lautete eigentlich: Gebt mir Freiheit, oder gebt mir den Tod!

»Come On, Ye Sons of Art«

Harriet Tubman
Die Amerikanerin Harriet Tubman (1820–1913) war eine Sklavin, der 1849 die Flucht aus den Südstaaten gelang und die sich anschließend als Fluchthelferin der Organisation von Sklaven-Gegnern, *Underground Railroad,* einsetzte. Bis zum Ende der Sklaverei 1865 verhalf sie unter dem Decknamen »Moses« zahlreichen Leidensgenossen zur Freiheit, wobei sie dutzende Male

in die Südstaaten zurückkehrte und ihr eigenes Leben riskierte.

»Faith im Baum«

Sie – Herrscherin der Wüste
Dies ist der deutsche Titel einer britischen Filmproduktion von 1965 (Originaltitel *She)* mit Ursula Andress, Peter Cushing und Christopher Lee in den Hauptrollen. Der Film unter der Regie von Robert Day basiert auf dem im Übrigen mehrfach verfilmten Roman *She. A History of Adventure* von H. Rider Haggard und handelt von der Entdeckung einer verschollenen Zivilisation in Nordafrika und deren unsterblicher Herrscherin Ayesha.

Edward Roster
Ein Maler dieses Namens konnte nicht eruiert werden.

John Dewey
John Dewey (1859–1952) war ein amerikanischer Philosoph und Pädagoge und gilt als Mitbegründer des Pragmatismus und bedeutender Vertreter der liberalen amerikanischen Erziehungsphilosophie; Psychologie, Philosophie und Pädagogik zu vereinen war eines seiner erklärten Ziele.

»Samuel«

The Romance of Logging
Vermutlich ein fiktiver Film, angelehnt an das alte Gewerbe der Flößerei. Bis zur Mitte des 20. Jahrhunderts wurden schwimmende Holzstämme zusammengebunden und als riesiges Floß auf dem Wasser zu Sägemühlen transportiert. Dabei sprangen die Flößer auf den wackeligen Stämmen herum. Dieses Holztransportmittel wurde durch das Eisenbahnnetz und den Bau von Staudämmen verdrängt und ist heute so gut wie ausgestorben.

»Ungeheure Veränderungen in letzter Minute«

Ne dlja menja
»Ne dlja menja pridjot wesna«, »Für mich gibt es keinen Frühling mehr«, stammt nicht von Alexander Puschkin (1799–1837), dem großen russischen Dichter, sondern ist ein populäres Kosakenlied (1838).

August 1914
August 1914 ist der deutsche Titel des 1962 erschienenen Buchs *The Guns of August* von Barbara Tuchman, das mit dem Pulitzer-Preis ausgezeichnet wurde. In ihrem Werk behandelt Tuchman den Ausbruch und

die Schuldfrage des Ersten Weltkriegs, vorrangig die Fehleinschätzungen und -entscheidungen aller beteiligten Akteure. Das Buch erlangte große Popularität, nicht zuletzt durch John F. Kennedy, der dem Werk einen Einfluss auf seine politischen Entscheidungen beimaß.

Fair Fields of Corn
»Fair Fields of Corn« ist der Titel eines Gedichts des irischen Dichters und Lehrers James Arbuckle (1700–1742). Es wurde 1721 als Teil seines Werks *Glotta* veröffentlicht und ist eine poetische Beschreibung der schottischen Landschaft und des Flusses Clyde.

»Politik«

Polizeikampftruppe
Bei der Tactical Patrol Force handelt es sich um eine Sondereinheit speziell geschulter Polizisten des New York Police Department. Ursprünglich wurde sie für den Einsatz gegen Anti-Vietnamkrieg-Demonstrationen gegründet, später aber auch bei anderen Gelegenheiten eingesetzt.

»Spielplatz, Nordostseite«

I like Ike
Buttons und Gesänge mit dem Slogan »I like Ike« überzeugten den eigentlich unpolitischen, jedenfalls nicht parteipolitisch gebundenen Dwight D. Eisenhower (1890–1969), sich als Kandidat für die Präsidentschaftswahlen 1952 aufstellen zu lassen. Er genoss aufgrund seiner militärischen Leistungen im Zweiten Weltkrieg sowie als Oberkommandierender der NATO-Streitkräfte in Europa (1951–1952) hohes Ansehen bei der Bevölkerung sowie bei dem amtierenden Präsidenten Truman und wurde mehrfach gebeten, sich politisch zu engagieren.

»Gespräch mit meinem Vater«

Samuel Taylor Coleridge
Der englische Dichter und Philosoph Coleridge (1772–1834) litt lebenslang an Opiumsucht; Auslöser dafür war eine frühe Rheumaerkrankung, die ihn zur permanenten Medikamenteneinnahme gezwungen hatte. Einige Texte des Mitbegründers der englischen Romantik sollen unter gewaltigem Opiumeinfluss niedergeschrieben worden sein.

Timothy Leary
Der amerikanische Psychologe Timothy Leary (1920–1996) gilt als Guru der Hippie-Bewegung. In den Siebzigern forderte er freien Zugang zu Drogen und rief zum Konsum bewusstseinsverändernder Mittel auf, um durch kontrollierte Experimente Geist und Körper zu erweitern. Er warnte aber auch vor dem leichtsinnigen Gebrauch von Halluzinogenen durch psychisch labile Menschen.

»Die Langstreckenläuferin«

Irische Zwillinge
Dieser Ausdruck bezeichnet abwertend Geschwister, die im Abstand von neun bis zwölf Monaten geboren sind. Von den Iren selbst wird er nicht verwendet. Die hohe Geburtenrate Irlands, die dem weit verbreiteten strenggläubigen Katholizismus und der damit verbundenen fehlenden Verhütung zugeschrieben wird, ist Hintergrund dieser Redensart.

Eddie
Hierbei handelt es sich höchstwahrscheinlich um die Figur Eddie Teitelbaum aus Hausnummer 1434, die in der Erzählung »Zeiten, in denen wir uns alle zum Affen machten« in *Die kleinen Widrigkeiten des Lebens* eine

Hauptrolle spielt. Irrtümlich schreibt Paley im Original der »Langstreckenläuferin« von *Eddy* aus Hausnummer *1510*.

Schwarze Volkserzählungen
Black Folktales ist ein Erzählband des amerikanischen Autors Julius Lester aus dem Jahr 1969. Die zwölf Geschichten sind teilweise noch aus Sklavenzeiten überliefert.

Der Krieg der fliegenden Händler
Dies ist das bekannteste Buch der amerikanischen Kinderbuchautorin Jean Merrill (1923–2012), das 1964 unter dem Originaltitel *The Pushcart War* veröffentlicht und 1981 von Siegfried Mrotzek ins Deutsche übersetzt wurde.

Dashiki
Ein Dashiki ist ein buntes, locker sitzendes Kleidungsstück, das hauptsächlich von Männern in Westafrika getragen wird. Es hat traditionell einen V-Ausschnitt, ist kurzärmelig und etwa so lang wie ein T-Shirt.

Bellevue, Hillside, Rockland State, Central Islip, Manhattan
In diesen Orten befanden sich die unterschiedlichsten städtischen psychiatrischen Anstalten.